NINGÚ SABRÀ QUI ETS

JORDI BASTÉ
MARC ARTIGAU

NINGÚ SABRÀ QUI ETS

ROSA DELS VENTS

Paper certificat pel Forest Stewardship Council®

MIXT
Paper procedent de fonts responsables
FSC® C117695

Penguin Random House Grupo Editorial

Primera edició: abril del 2022

Printed in Spain – Imprès a Espanya

ISBN: 978-84-17909-60-4
Dipòsit legal: B-3076-2022

Compost a Comptex & Ass., S. L.

Imprès a Rotoprint by Domingo S. L.
Castellar del Vallès (Barcelona)

VT 0 9 6 0 4

No és una gran explosió.

És una bala que surt directe cap al meu cap.

Només una bala.

Si saps apuntar, no en necessitaràs dues.

Tothom té dret a intentar que el món sigui un lloc una mica més digne.

Després ve el silenci.

I després del silenci hauràs de desaparèixer.

Prepara't per ser un màrtir.

Si has tingut èxit o no, només ho sabran les properes generacions.

1

Sempre he volgut ser allò que no he pogut ser. Podria tractar-se d'un epitafi, però és un resum dels cinquanta anys de vida que estic a punt de bufar. He volgut ser feliç sempre, però només ho he estat a estones. He desitjat tenir les facilitats d'un heterosexual, i m'han complicat la vida naixent homosexual. Voldria tenir fills, i no suporto la canalla. M'encantaria follar com el gall de la Passió, i ho faig de tant en tant. M'agradaria ser Benjamin Button, i no en sé.

Cinquanta anys. Ara comença una crisi, diuen els savis. Això mateix em van dir quan en vaig fer trenta i quaranta, i no vaig passar per cap canvi brusc ni difícil, i vindran els que en tenen seixanta per garantir-me que ells sí que ho han passat mentalment fatal. Entro als cinquanta físicament correcte, però força inestable des d'un punt de vista mental. Sol, sempre sol. O més ben dit, independent, que és el millor estat de l'ésser humà. Però la independència tampoc no et garanteix l'estabilitat, et dona la base de la pizza. Els ingredients els vas posant tu mateix. Darrerament, sobre la base m'hi poso formatge de mala qualitat, carn congelada i pernil dolç d'estar per casa. Conclusió: assegut a la tassa del vàter amb descomposició. Porto un temps desencaixat, en el qual la independència ha donat pas a la solitud; en el qual, en lloc d'anar amb el cap ben alt, abaixo el cap i passejo desitjant que no em miri ningú.

He arribat a Londres per passar-hi uns dies en què espero un canvi radical. Bitllet d'anada sense bitllet de tornada. És una desconnexió que vull que em retorni a la casella de sortida on tan còmode he viscut aquests últims anys, els que m'han empentat a arribar d'una manera modèlica als cinquanta. I ara soc aquí passejant pel Soho londinenc tot sol, radicalment sol, sense el mòbil, que, volgudament, m'he obligat a deixar a l'habitació de l'hotel, enganxat com estic a la tecnologia i les seves variants, sia WhatsApp, sia Twitter, sia Grindr...

Fa temps que ho volia fer i la millor manera d'aconseguir-ho és desenganxar-se'n temporalment i, per això, aquest matí després d'esmorzar, he enviat un whatsapp i he decidit deixar l'aparell damunt la tauleta de nit reposant de tant càstig. S'ha estat carregant tota la nit, però, perquè no perdi ni un u per cent de la seva capacitat, el deixo endollat, no fos cas. Em pregunto: i si em passa alguna cosa?, i si tinc una urgència, què faré de la meva vida? «Tampoc no et trobarà a faltar gaire gent —penso—, porto el DNI a la cartera i, en el pitjor dels casos, qualsevol em deixarà trucar per telèfon a Barcelona ara que el *roaming* ja està escampat per tot Europa». En qualsevol cas, mentre esmorzava i llegia els diaris a l'Ipad, he decidit enviar un missatge al Rubén. El Rubén és el meu amic, el meu germà, el meu confessor... i també el pesat més gran del país. Però en els pitjors moments, ell sempre hi és, i ara em pregunto: què passarà el dia que ell tingui un problema, per petit que sigui?, sabré estar a l'altura?

Hola, Rubén. Que sàpigues que ha arribat el moment. He decidit desconnectar del mòbil unes hores. Ho necessito. Ni xarxes ni missatges... Passejar, badar i, si puc, follar. Suposo que després de dinar donaré senyals de vida. Si no, serà després de sopar. Si demà al matí no saps res de mi, comença't a preocupar.

Tot en un sol missatge, és clar. Com fem els que tenim cinquanta anys... suposo. La joventut, per un missatge com aquest, en gasta deu. Ho envia trossejat. Jo no. Tot de cop. Pam.

Són les 8.54 h del matí d'un dissabte de setembre a Londres. Una hora més a Barcelona, i segur que el Rubén encara dorm la mona d'ahir a la nit. Em va dir que anava a sopar al Volta al Món, un restaurant al carrer Muntaner, interessant, divertit i on es menja festivament. Pots prendre des de serp pitó, cangur i zebra fins a un filet argentí que fa plorar de gust. Per això es diu com es diu, el lloc. Em temo que després, amb la seva colla de *queers*, el Rubén es va perdre per l'Arena, i apostaria, sobre victòria segura, que aquest matí es trobarà ell mateix al llit, en horari encara per descobrir.

El missatge s'ha enviat, però el WhatsApp no enreda: no fa el doble *check*. Ha traspassat el continent de dalt a baix, però no ha arribat encara a casa del Rubén. Quan el mòbil està en mode avió és el millor moment d'una persona.

I després de deixar el mòbil a la tauleta m'he disposat a acostar-me xino-xano a l'estació de metro de King's Cross St. Pancras per anar fins a Leicester Square passant per les parades de Farringdon, Russell Square, Holborn i Covent Garden. Podria haver baixat una parada més enllà, a Piccadilly, però m'agrada caminar fins a la botiga de l'M&M's, baixar al pis de sota, agafar una bossa de boletes de xocolata i anar-me-les menjant sense aturador. I llavors, intentant recuperar la felicitat perduda per diversos bocins minúsculs de la vida sense cap importància aparent, arribar fins al punt del present on em trobo ara, a mig matí d'un dissabte de setembre: a Brewer Street, en ple Soho, a punt d'entrar a un sex shop que fa cantonada, aviam què veig i no compro. El lloc encara està tancat. Tinc molta son, i el maniquí de l'aparador, amb un eslip vermell que li va quatre talles petit i unes plomes vermelles al voltant del coll, m'allunya del desig d'entrar a la botiga.

Faig temps passejant fins a arribar, uns quants metres més enllà, a un Starbucks que me'n recorda un de Chelsea, a Nova York, on ens vam enamorar... I ara ni jo sé d'ell ni ell sap de mi, perquè ni telèfon, ni adreça, ni mail, ni tam-tam. Res. Es deia Jordan. Vaig tornar dos, tres, sis cops, a aquell bar, però mai més no hem sabut res l'un de l'altre.

Cada vegada que entro a un Starbucks, fins i tot el de la Diagonal de Barcelona, davant L'Illa, penso en ell i en el que podria haver estat. Potser res, potser tot. Fa cinc anys d'aquella trobada fugaç i encara la ploro, encara l'enyoro. Els desitjos s'instal·len a la nostra imaginació i ens miren amb una certa condescendència. És allò de la nostra generació, que ens ha fet més feliç imaginar-nos un *polvo* que fer-lo. Amb aquell negre de Nova York em passa el mateix. Va ser maco vint-i-quatre hores, i la imaginació, com a fracàs de la realitat, ha fet la resta. Quina dolça infelicitat! Potser val més així.

A l'Starbucks m'he pres un cafè, *previ pas* de donar el nom perquè te'l pintin al vas de cartró: ALBERT. En el meu cas és fàcil. Els que es diuen Llibert o Dolors no tenen la mateixa sort. Tampoc a Barcelona, no ens enganyem.

Al segle XXI un cafè sense el mòbil no és un cafè. No hi ha

quioscos, no hi ha diaris, no hi ha pantalla, no hi ha res. Una merda. He deixat el mòbil a l'habitació i em sento tan nu com víctima del sistema que em diu que deixi el mòbil d'una puta vegada. I ara què? Sense mòbil. Molt bé. Miro el paisatge d'un carrer buit a les nou tocades del matí. Tot tancat mentre un negre amb els cabells desendreçats, uns texans cagats i la beta d'uns calçotets de la marca Björn Borg (deu ser suec) xucla una palla d'un got aparentment ple de suc de taronja. Una noia amb bicicleta tira carrer amunt, i una vella amb dos gossos petaners tira carrer avall.

Quina cosa més avorrida de vida. Amb el mòbil estaria llegint, comunicant-me, divertint-me..., enganxat, sí. I què? Millor que badar per no veure res.

Entre pensaments perdo l'hora de l'Starbucks, menjant una magdalena que acompanya el segon cafè. Una magdalena que fa bola, que no saps si és magdalena o secallona, que baixa per la glotis rodolant i fent-se grossa, i que acaba nedant entre àcids mentre em foto el primer Almax del dia.

Ja són les deu tocades i dono una volta a l'illa de cases abans d'entrar al sex shop. Em semblaria depriment ser el primer d'empentar la porta com si fos un vell verd que, bavejant, busca carn fresca a primera hora del matí.

Hi entro perquè soc lector de porno des de jove, perquè m'agrada la foto més que el vídeo i perquè fa anys el *Private* formava part de les nostres vides i de les nostres mans i no només per passar fulls de la revista. Com a bon col·leccionista, sé que aquest sex shop té una de les col·leccions de pornografia en paper més imponents d'Europa.

Al local ja hi ha gent, tot i que fa poca estona que han obert les portes. La mitjana és de seixanta anys. El jovent, un dissabte encara dorm. Fullejo revistes, amb imatges d'una gent que carda mirant a càmera. Han passat els anys, diverses generacions de *pornstars*, i em continua fascinant aquesta facilitat per follar mentre sembla que saludes la família que m'estarà mirant.

Pels altaveus del local sona «It's OK», de Nightbirde, quan de sobte se sent un soroll que, per deformació professional, em fa girar de cop, quasi violentament. Un dels encarregats del local ha tirat per terra, sense voler, el maniquí de l'eslip vermell. El noi, lleig com pegar un pare, ha fotut un crit histèric de la mateixa marca que les plomes del maniquí. Res greu. L'ensurt ha fet agafar un atac de riure a un tio de més de quaranta anys que estava a la zona de DVD. «Un altre clàssic», penso.

Aixeco les celles buscant la complicitat d'aquest home, de cabells emblanquinats i ben pentinat, bons bíceps darrere una samarreta ajustada sense passar-se i uns pantalons curts. Riu encara de la ridiculesa del moment: el maniquí per terra, el crit histèric de l'encarregat i l'ensurt global. També aixeca les celles.

Fico la mà a la butxaca disposat a enviar un whats al Rubén: «Quin paio més interessant he vist». No hi ha mòbil, no hi ha Rubén, no hi ha comunicació. No compartim. Aquell tio i jo. Res més i ningú més.

I quina merda no poder dir al Rubén que «he vist un tio que m'ha semblat superinteressant, amb qui després hem parlat de la vida i miracles tot fent un tercer cafè a l'Starbucks, que hem fet un esmorzar-dinar a El Camión, un mexicà al mateix Brewer St., on hem picat unes *quesadillas* i uns *nachos* amb un parell de *margaritas*». Segon Almax del dia.

Ens hem entès perquè el Ricardo és argentí, viu a Londres i penca en una empresa de disseny gràfic subcontractada per

Pixar. M'explica les pel·lis en les quals ha treballat, des de *Toy Story 3* fins a *Luca*, passant per *Up*.

Com a bon argentí no calla, però sedueix la manera com t'ho explica. Les metàfores, el to, la cantarella, les vivències...

Ens acomiadem a les tres de la tarda i decideixo anar cap a l'hotel, a fer una migdiada, a dutxar-me i a enviar un missatge al Rubén immediatament:

> He conegut un argentí al Soho. Hem dinat junts i ens veurem aquesta nit. Soparem al Simpson's in the Strand. Això pinta bé.

Pintava.

2

—Què és la violència?

Ho pregunto a cada classe, el primer dia, davant de tots els alumnes. Ho escric amb lletres ben grosses a la pissarra, al costat del meu nom, i m'assec uns segons a contemplar-los. M'agrada observar la cara que fan. No és una pregunta innocent, al contrari; ells no ho sospiten, però d'aquesta manera intueixo què pensen, què senten i com puc intentar que desxifrin el món d'una manera més complexa, amb més matisos.

La majoria d'ells ja em coneixen. No personalment. Han sentit parlar de mi. Han sentit parlar de les meves classes. M'han buscat per internet sense èxit, però les opinions dels alumnes acostumen a agafar velocitat punta i tergiversació excelsa just abans de començar el curs.

La història de la humanitat és la història de la violència. A vegades fins i tot em fa vergonya explicar-ho perquè és massa obvi.

Qui té la força té la terra, qui té la terra ha guanyat, qui guanya té el relat, i a les grans històries, els bons, al final, sempre són feliços. M'equivoco? Els bons i els dolents. Nosaltres i ells. L'esquerda que ho separa tot.

Només cal fer un cop d'ull a la classe per entendre que són una colla d'adolescents, alguns amoïnats per la selectivitat (pocs), i altres (la majoria), un immens tros de gelatina amb grans a les galtes, addictes als *likes* i a les queixes.

Com aconsegueixo que la seva existència no es basi en l'acceptació dels altres?

Si soc sincer, soc un farsant. Un impostor. No sé si mereixo la responsabilitat de ser el seu tutor l'any abans d'anar a la universitat. Si em busquen per les xarxes no poden saber qui soc. Si m'ho pregunten, menteixo.

Com puc explicar que soc algú que es va llicenciar en Història i no va ser prou valent per deixar-ho tot i marxar a viure a l'Àsia? Tenia contactes, tenia amics, un bon projecte. Però sempre m'he cregut més del que realment soc. I vaig ensopegar amb mi mateix i vaig caure. La realitat sempre ha estat una paret de ciment armat impenetrable. I després, quan ja tenia la coartada perfecta, no em vaig atrevir a formar una família amb fills i renúncies, «perquè n'acabo de fer trenta i jo no vull tenir nens, Sílvia».

Tinc talent per trobar qualsevol excusa fins i tot a les escombraries.

Però quan soc a classe amb ells —els gelatinosos i els que no—, quan els miro i veig que encara són una matèria voluble, un recipient on puc abocar els dubtes i les injustícies, penso que la meva feina val la pena.

—Ningú no vol respondre? —dic en veu alta i amb un somriure que convida.

Escric a la pissarra una definició que em va bé: «Violència: Força o energia desplegada impetuosament».

Silenci. Alguna mirada que es creua amb una altra mirada. Una mà que finalment s'aixeca.

—Digues, Estel.

—Avui dia un acte violent és inútil, fa perdre la raó, només pel fet de ser violent.

—És veritat.

L'alumna metòdica, treballadora, crítica. La futura víctima dels atacs d'ansietat i hores de teràpia per entomar que el món no té la mida de les seves ambicions.

—La violència, al segle vint-i-u, a Europa no hi té cabuda, Rafa —afegeix l'Omar.

—Tens tota la raó, però ni tu ni l'Estel heu respost la meva pregunta. Què és violència? Us en poso un exemple. Un contenidor cremant en una manifestació, és violència?

—Sí —responen unes quantes veus.

Ja els tinc just on jo volia.

—La violència pot prendre moltes formes, moltes cares, molts discursos. Fins i tot pot esdevenir un truc de màgia i fer-vos creure el que no és. Les estructures que fan bategar un estat sempre són imperfectes, però hem de treballar entre tots, i vosaltres també formeu part d'aquest «tots», perquè cada dia siguin més justes. Un contenidor cremant no és violència. Violència és el desfalc de milions de diners en fons reservats per a les clavegueres d'un país que agonitza, violència és desnonar famílies, violència és blanquejar l'extrema dreta, violència és no separar la religió de la política, violència és un estat hereu d'un règim franquista, violència és tenir una generació preparada, la vostra, i saber que l'aposta econòmica del país serà sol, platja, sangria i *fiesta*. Violència és la justícia que empara el genocidi de les dones. Ho veieu? La violència és estructural. Un sistema heteropatriarcal, estimats alumnes, és violència. Però els mitjans de comunicació, si ho saben fer bé, us faran creure que el més important és aquell contenidor, el patiment del pobre contenidor, el dolor de la família dels contenidors que ja no podran veure com el seu tros de plàstic preferit torna a casa a passar les festes de Nadal. Qui sembra misèria recull odi. Voleu canviar el món? Feu-ho. De debò voleu canviar-lo? Fer-lo més just, més humà? Endavant, us hi animo. Però que sapigueu que haureu de renunciar a coses que ara no podeu ni imaginar. Coneixeu el poeta Joan Brossa?

Llavors, les cares insípides fan que no amb els ulls.

—Us llegiré un poema seu. —No cal que els el llegeixi, me'l sé de memòria—:

La gent no s'adona del poder que té:
amb una vaga general d'una setmana
n'hi hauria prou per a ensorrar l'economia,
paralitzar l'Estat i demostrar que
les lleis que imposen no són necessàries.

Segueix el silenci, però és un silenci curiós, que s'assembla més a un desafiament que no pas a la indiferència.

—Sortiu al carrer, ompliu les xarxes, feu que la vostra veu se senti de debò, que tothom en parli, però heu de saber que a l'hora de la veritat us tocarà renunciar. Totes les revolucions fan rodar caps i algunes execucions són injustes. Però, a vegades, per fer que el món sigui un lloc millor, s'han de prendre decisions complicades.

Sento un èxtasi estrany quan pronuncio cada frase. Soc a la plaça d'un poble, enfilat en un cadafal, preparant l'exèrcit de voluntaris per a un alçament civil. Encoratjant-los per a una lluita desigual contra un sistema cruel, que tard o d'hora els assumirà i sabrà com pervertir-los.

Alguns alumnes, després del timbre, es queden una estona més, i em volen preguntar —sempre són preguntes ben absurdes— sobre els deures i el treball de recerca.

Des que m'he separat no tinc pressa per tornar a casa. Em quedo recollint la classe. Vaig lent. Feinejo —o ho faig veure— per l'aula de professors i truco a la residència per saber com està la mare. A vegades em confon amb el pare, d'altres m'explica anècdotes del poble que he sentit un miler de vegades.

—L'Antonieta em va robar els patacons i aquell any abans de la guerra tenia el vestit a punt per estrenar-lo a la Festa Major.

Abans de penjar sempre li dic que l'aniré a veure.

3

Arribo a l'hotel, a tocar de King's Cross, i comprovo la meva idiotesa. Tinc el mòbil ple de missatges, la majoria absurds, però no he carregat la bateria. No havia posat la clau en aquell *comediscos* que dona força a l'electricitat de les habitacions dels hotels i el mòbil ha estat connectat sis hores a un endoll sense vida.

Dels missatges, poca cosa. Amics, coneguts i follamics, i el Rubén.

El Rubén, en saber que anunciava la meva desconnexió temporal del mòbil, m'ha respost amb un:

> Em sembla una gran decisió. Res frenarà el pas del temps.

La segona i ridícula frase no l'entén ni ell, ni de què va, ni què vol dir.

M'he estirat al llit agafant el mòbil amb les dues mans, i vaig mirant el Twitter. Hi ha els de sempre batallant per veure qui és més enginyós, mentre alguns altres es perden enmig de la pudor de merda que fa la mentida, que, a força de retuits i m'agrada, es reprodueix una vegada i una altra i gairebé mai no es mor.

Em poso al Grindr i tinc alguns missatges, la majoria de

paisatges i de cossos de gimnàs que, probablement, no tenen res a veure amb els emissors. Pobres desgraciats, pirats per les masturbacions. Hi ha una foto d'un noi amb els cabells pastanaga, molt interessant, amb cara d'anglès de pub diari de sis a set de la tarda, que, segons el perfil té vint-i-nou anys, King's Cross Saint Pancras, *online 50 minutes ago*. Obro i llegeixo «top», 1.85, 81 kg, *single*.

Per desavorrir-me li envio un hola tan simple com lent. Després de l'hola ve un altre hola i després un com estàs, i un bé, i tu?, jo bé, i tu, què fas?, doncs a casa, jo també, estirat al llit, jo al sofà tocant-me, ha, ha, ha, i què et toques?, tu què creus? I foto, i tu primer, i bloquejar i a cagar a la via.

Em poso al Google Translate.

«*Hello. My name is Albert. I'm from Barcelona. How are you?*».

Es queda en un *sent*, que significa que s'ha enviat en bones condicions, però ell no l'ha rebut perquè no està connectat. M'he adormit una estona, un cop de cap mentre a la tele sentia la banda sonora d'unes veus de presentadors de Sky News. Quan he obert els ulls havia passat gairebé una hora i quart. Bona migdiada.

Un parell de whatsapps sense gaire importància d'amigues demanant el dia de tornada i uns mails de factures absurdes.

Em torno a connectar al Grindr i el noi pastanaga m'ha respost: «Hola, Albert *from* Barcelona. Em dic Guerau i soc de Llançà. Ha, ha, ha, ha».

De catalans, n'hi ha pertot arreu, i a Londres, més i cada vegada més panotxes. Amb la resposta sempre ens queda el dubte. Si això tira endavant, quan quedo amb ell? Puc ara? Aquesta nit? Demà?

Amb aquest noi, si passa, haurà de ser demà. Ara, impossible. Imagina't que aquesta nit l'argentí se'm llança al damunt, després d'haver passat pel catre del pastanaga de Llançà. Dos en poques hores és saltar sense xarxa, un risc innecessari malgrat el sildenafil. El sildenafil ajuda a aixecar, mitja pastilla i avall va, o, més ben dit, cap amunt. Però val més no assumir riscos innecessaris.

Mantenim una conversa breu. Li menteixo sobre els motius de la meva estada a Londres, ell suposo que també (una app de viatges i bla, bla, bla...).

Un «parlem aquesta nit» de cortesia i d'educació, i fins després.

Em fico a la dutxa. Falten gairebé dues hores per a l'hora de sopar amb el Ricardo. Després m'estiro al llit amb el comandament a la mà. Mentre faig zàping, veig que l'informatiu de l'Sky News obre amb un assassinat de cinc estudiants per part d'uns conversos islamistes que han estimbat un cotxe contra una terrassa d'un bar de Groningen, a Holanda.

«Quin mal rotllo, els atemptats», penso.

Missatge del Ricardo.

Puntual. Massa puntual.

Aquesta nit sí que hauria d'haver deixat el mòbil a l'hotel, caguntot. Hem anat al Simpson's in the Strand, un local als baixos de l'hotel Savoy. Estem al segon plat, amb un rosbif de vergesantíssima amb pitet i reclinatori, i en Ricardo no para de parlar d'efectes especials i postproducció (pesat), jo faig que sí amb el cap, evito badallar, penso en com devia ser el seu cos sense aquesta estúpida camisa de Zara i ja em veig passejant per King's Cross, i que, quan menys s'ho esperi, l'arrambaré i li clavaré una queixalada.

Però la il·lusió del principi s'ha anat apagant.

Bon cos, en Ricardo, però vulgar.

Mentre mastego el rosbif i somric, faig cara d'escoltar-lo. Ahà. Algun monosíl·lab. Alguna pregunta idiota. El Ricardo riu de les seves pròpies bromes. Molt. Massa. Ensenya les dents blanquejades. Li podria explicar l'acudit de l'argentí que puja dalt de tot del seu ego per suïcidar-se. Ja m'he cardat mig filet. Jo podria ser un bon actor. Podria intentar-ho, potser les coses m'anirien millor. No necessitaria el Grindr. Remeno dins la butxaca, buscant si guardo un altre Almax. Com ha canviat en poques hores, aquest argentí. Les *quesadillas* se m'han indigestat. Primer, molt interessant, el paio, amb metàfores de boca oberta i *Monsters S. A.* i *Toy Story* i explica'm més coses...

—*Yo te mostraré calles de Londres que no conocés...*

—I tant que sí.

És avorrit veure com s'emborratxa de les seves pròpies paraules. Imagina't un paio així cada dia de la teva vida al teu costat fotent-te la tabarra. Trec el telèfon per enviar un missatge al Rubén. Ell ja m'ha escrit primer.

I què? I què? I què? Explica, vaaaa!

I això m'ha emprenyat! Li envio una emoticona d'una cara amb unes ulleres de sol. No m'atabalis, Rubén. Ara no. Ara estic enmig d'una interpretació memorable. I tu vols pèls i senyals. Sobretot pèls. I ja me'l veig gaudint en secret perquè el tio que m'havia semblat superinteressant, amb qui havíem parlat de vida i miracles, al final ha resultat un puto bluf. Fum.

I aleshores he vist un missatge del Pérez Navarro. En

unes altres circumstàncies no l'hauria obert, no volia delatar que l'he llegit, però l'avorriment pot ser una arma de destrucció massiva.

Hauríem de parlar. És urgent. Truca'm.

Tres frases. Res més.

No és el primer, ni el segon, ni el tercer missatge del comissari. Però de cop i volta, allà, en aquest restaurant de pianista i cambrers educats, amb aquest tros de carn al plat i aquell altre tros de carn que no calla ni sota l'aigua, responc amb un «Et truco després».

No he dubtat gaire sobre què faré.

Si vol venir a l'hotel, hi està convidat, *bed and breakfast*, que ho manegui ell, o l'altra solució seria que jo li tapi la boca amb la meva i deixar-nos ja d'històries.

—Sam, *another* gintònic, *please*.

Si tots els cambrers de Barcelona es diuen Antonio és evident que a Londres s'han de dir Sam. Potser si m'emborratxo, amb mitja pastilleta de sildenafil, 50 mg, la marca blanca i barata de la Viagra, puc aconseguir-ho. Però potser ha entès que m'avorreix, no ho sé. Potser només vol presumir i sortir i fer una copa i parlar una mica per fer-se l'interessant. Sortim del restaurant, i quan menys m'ho esperava, a dues cantonades de l'hotel, ens hem morrejat. Ja ho tinc fet. A certes edats hi ha coses que no cal parlar, per educació i per dignitat. El Ricardo fa un comentari en veu baixa que no entenc. Pugem a l'habitació. Mentre ens despullem, apaguem els llums. Fot-li que és de Reus. El que em faltava... jugar a fet i amagar, a veure si et veig, això és una cama, això la boca, té uns llavis grossos... Treu l'Iphone i posa música. «Me and the Farmer». The

Housemartins. Per sort, abans que s'hagi fet de dia ha fotut el camp.

Et truco després. Ha repetit el missatge, el Pérez Navarro.

Hòstia santa. El cap em dona voltes. La ressaca, el sildenafil...

Està en línia al WhatsApp i li truco.

4

Quan el tinent coronel Tejero, amb aquella veu que llueixen els perdedors, va cridar: «*Quieto todo el mundo*», mentre disparava al sostre del Congrés dels Diputats, la meva mare xisclava de dolor perquè l'epidural no li feia efecte, en una sala de parts mig buida de gent que parava l'orella i pensava a creuar la frontera. Que jo nasqués va ser un error des del principi. El pare sempre em va explicar que vaig ser molt inoportú. Ni em buscaven ni els anava bé, i si no haguessin tingut el pressentiment que seria una nena haurien comprat el primer bitllet cap a Londres i hauria acabat a les clavegueres d'una de les ciutats que més m'agraden.

Encara que anys més tard vaig entendre que la vida no és mai inoportuna, només ho és la mort. Vaig néixer mentre la democràcia d'aquest país agonitzava. Però si soc sincer, he de dir que vaig néixer mentre la democràcia d'aquest país rebia una capa de pintura i es maquillava amb les millors gales en nom de la monarquia. Vistos al cap dels anys, aquells homes eren ben ridículs.

Els pares no s'havien significat mai políticament, en part perquè els avis van prohibir parlar de política després de la guerra, en part perquè creien que la política no formava part d'allò real, que era un paisatge de fons, un núvol que passava per damunt dels seus caps i no els mullava, una pantomima que no alterava res del seu dia a dia.

«*Quieto todo el mundo*», i el nano va treure el cap.

L'explicarien sovint, l'anècdota, els meus pares. Barcelona estava deserta. Ningú no va sortir al carrer. Tothom amorrat al transistor, i jo plorant i marranejant als braços d'una infermera que tenia pressa per anar cap a casa.

És ben curiós traçar una existència a través dels episodis que canvien la humanitat, però just quan aquell jove alçava el martell i destruïa el mur de Berlín, amb tot de gent que l'aclamava, la mare em va fer anar a la seva habitació per dir-me que no t'amoïnis, Rafa, el pare ha mort, però estarem bé, tu i jo, junts estarem bé, t'ho prometo. No recordo cap pena en aquell moment. Jo tenia set anys. Em veig com en una fotografia sèpia. Aturat als peus del llit mirant aquella dona sense entendre res. No recordo plorar, ni tenir malsons. Em va impregnar una sensació de quedar-me a mitges, però no sabia de què. Un gelat al mig del carrer fonent-se a ple estiu. Era un pensament prou abstracte perquè el meu «jo» de set anys no pogués comprendre com era que l'home que havia viscut amb nosaltres, el pare, un dia desapareixia per un accident de trànsit ben absurd.

Crec que la primera vegada que vaig plorar —o vaig tenir-ne consciència— va ser quan vaig veure la mare plorar l'endemà al matí. Plorava perquè plorava. Potser amb els anys s'haurien divorciat, n'estic segur, però un autobús va fer la feina bruta. La mort sempre és inoportuna. I així van transcórrer tots aquells anys, la dècada dels noranta. La millor època de la història de la humanitat per ser un nen blanc en un estat amb ínfules europees. No vam patir cap guerra.

No es van inventar cap crisi. No ens van confinar. No ens importava el planeta. I el futur era un lloc amb bona reputació. Qui manava ho feia durant molts anys. Els prejudicis no es qüestionaven. La infantesa era lliure. Treia bones notes. Menjava gelats a l'estiu. Em divertia amb els amics i només m'interessava el futbol. Jo continuava dins d'aquell mur que anys enrere havia saltat pels aires.

La primera vegada que vaig conèixer el desig, el cos d'una noia, i ella va conèixer el meu va ser aquella tarda prodigiosa que la mare havia marxat de viatge amb unes amigues, i tot el dia era nostre, només nostre, i jo tremolava d'alegria i de por, no parava de tremolar, per l'abisme de la descoberta, per posar pell a allò que havia llegit, per posar gust a allò que m'havien explicat, per saber què era el plaer suprem d'un cos dins d'un altre. Mentre li acaronava els cabells al llit minúscul de la meva habitació, el primer avió va impactar contra les Torres Bessones. Nosaltres no en sabíem res. Els amants són els éssers més egoistes de la terra. Va caure la segona torre i jo tornava a entrar dins d'aquella escalfor i descobria paraules, sentits, imatges que guardaria amb precisió just quan els Estats Suprems d'Amèrica patien el pitjor atac de la seva història.

Fins i tot les millors històries d'amor acaben en tragèdia.

El nou mil·lenni, que segons els historiadors va començar aquell 11 de setembre, no em va impressionar tant com les acaballes del segle XX. Vaig acabar la carrera d'Història, vaig fer els estudis suplementaris per poder donar classes, em vaig enamorar, amb més o menys intensitat depenent de la meva autoestima, de la previsió meteorològica i de l'avorriment, i em vaig divorciar perquè així ho dicta el camí de les rajoles grogues que condueixen a la rutina, a l'anar fent, a tot això està molt bé, però qui ho sap, no, fills no en vull tenir...

I, sense episodis que canviïn la història de la humanitat, jo vaig tornar a ser el gelat fonent-se en una vorera. Des de llavors, l'únic que ha canviat el món ha estat un virus de no sabem on. I va ser justament quan tot això s'acabava que jo, per art de lògica, vaig tornar a la vida.

Amb la mateixa decisió amb què vaig treure el cap al so de «*Quieto todo el mundo*», amb la mateixa llibertat amb què es van enderrocar els murs, amb el mateix plaer del dia de les Torres Bessones.

Estàvem asseguts tots quatre. Aquella nit al parc de l'Espanya Industrial vam decidir quin seria l'objectiu i com ho faríem, vaig saber que no hi hauria punt de retorn, que les nostres accions ens canviarien per sempre i sacsejarien la ciutat.

5

Abans odiava els aeroports. Ara, no sé per què, trobo que tenen un cert encant. Em quedo parat davant del *duty free* mirant colònies. Les provaria totes. Al costat tinc dues cacatues que si segueixen contaminant l'aire d'aquesta manera, mentre parlen un idioma impossible, ens fotran fora i clausuraran la botiga. Tusso per evidenciar que es passen. Ni cas. Surto d'allà i demano un cafè sol i m'assec per respondre els whats que tinc pendents. Envio emoticones. O llegeixo els missatges i no responc. És cansat, rellegir les converses dels grups de fa hores. De fet, odio els grups de WhatsApp. No sé quin collons de malalt mental els va inventar i no sé per què volia destruir-nos d'aquesta manera lenta i dolorosa. Cap missatge del Ricardo. Va ser mutu, doncs. No ho puc explicar a ningú, però em sap greu, encara que no m'importi. Veig com corren els turistes. Famílies amb adolescents granelluts. Noies joves amb motxilles de muntanya. Sí, la Pica d'Estats queda allà, a mà dreta, ves pujant, ves. Entre colònia i ferum, no sé què triar. Dubto si comprar alguna cosa per al Rubén. Mai no ens fem regals. Està bé que els amics no es facin regals materials. Ens regalem sopars o dinars. Ara bé, si em portés un *pongo*, o li fotria pel cap o hauria d'inventar alguna excusa.

No tenia bitllet tancat de tornada. Però després de la insistència del comissari Pérez Navarro (Sí, soc a Londres, és llarg d'explicar. Que quan torno? No ho sé... Mai? Ja ho he fet tot, en aquesta ciutat) i després de les notes de veu a 1 × 5 del Rubén, vaig entendre que fotria el ridícul i em sentiria igual de mediocre aquí, a Londres o a Papua Nova Guinea.

Hauríem de parlar. És urgent. Truca'm.

Assegut a la sala d'espera de l'aeroport, ara amb més calma, parlo amb el comissari. Ja fa uns mesos que li vaig deixar clar que no en volia saber res, de la feina d'investigador. Moltes hores, males hores. N'estava tip. Com a mínim, durant un temps. Però ells, a la seva. Si et necessiten, t'ho fan saber. El Pérez Navarro m'explica que han segrestat un polític. Pedro Aguilar de los Montes. El president del partit Tradició, Família i Nació (TFN). M'he de callar el que penso. Somric una mica. Ja ho sap, que no m'interessa res de tot això. Que els polítics facin la seva feina, que jo faré la meva. I santes pasqües i aquí pau i després glòria. Em diu —i hi posa tant d'èmfasi que li canvia la veu— que és un cas diferent. Que no tenen cap sospitós. Que potser estem parlant de terrorisme.

—Alto les seques! Si són terroristes, no és el meu gremi.

—No em toquis els collons, Martínez. —Li noto per la veu que no està per a orgues—. Hi ha molta pressió —continua—, ja t'ho pots imaginar, perquè volen noms i solucions ràpides.

—I si s'ho ha fet ell mateix, de segrestar-se? Aquesta gent té molt autoodi i se les pensen totes per cridar l'atenció...

Calla. Veu que encara estic de conya.

—Estaràs així tota l'estona?

—Diiiiiigues...

—Estem convençuts que tot això té relació amb un altre cas. Ja tenim uns quants equips treballant-hi. Informàtics. Escoltes. Càmeres. Moviment de telèfons als repetidors... Però necessitem més gent.

—Gent? Qui és gent?

—Martínez, et diverteix molt aquesta situació?

Ara callo jo, perquè el silenci és més eloqüent.

—Ja et vaig dir que no en tenia ganes. Que porto un temps retirat.

—Necessito que facis una mica de carrer. Que parlis amb tres o quatre tios d'aquells que tu coneixes. No et demano que em resolguis res, ni que t'hi fiquis a fons, només una mica de suport. Algun nom, algun indici.

Gate closing. Last call.

Li dic que m'ho pensaré i em poso a fer cua per embarcar. Per sort no viatjo amb cap d'aquestes companyies que et fan pagar suplement per ser més alt del compte, per tenir sobrepès, per respirar pels dos forats del nas o per deixar-te les ungles dels peus llargues. Ho intenten aprofitar tot, dels passatgers, com si fóssim porcs, i ells, la carnisseria.

Després de penjar amb el Pérez Navarro, penso que al Rubén li hauria de regalar un sopar al Nobu London d'Old Park Lane, el millor japonès d'Europa, tots dos, i uns bons còctels, i després al West End a veure algun musical de plomes i crits. El Rubén diu que no suporta els musicals i li encanten els japonesos, és el típic tio a qui l'emprenya saltar-se la seva dieta de merda, que no vol menjar res que pugui destruir els seus abdominals perfectes, i després (no té filtre) es passa tot el dinar menjant makis amb forquilla i ganivet.

Em col·loco els AirPods. Busco per l'Spotify la llista de reproducció Fly. Música que em relaxi per volar. Torno a Barcelona potser una mica pitjor de com vaig marxar, no ho sé. Potser en el fons no canviem tant. Sona «Downtown Train», en una versió d'Everything but the Girl. Cap missatge del *boludo* del Ricardo. Penso en els terroristes que han segrestat el feixista del partit Tradició, Família i Nació.

Què collons volen que foti?

6

Necessites un bon escafandre, però si aconsegueixes submergir-te en el *darkweb*, la perspectiva del món canvia. De dalt a baix o de baix a dalt. Avui que som rastrejats a cada minut, a cada moviment, que saben què compres, què detestes o de què parles amb els teus amics, i resulta que ho han fet tan bé que ja no necessiten cap excusa, que en tenen prou amb la necessitat de comunicar-nos, desaparèixer una estona dels seus satèl·lits, dels seus algoritmes, és quasi com respirar a ple pulmó enmig d'una muntanya. No soc tan ingenu, ja sé que dins del *darkweb* hi ha policies que fan veure que fan veure, és evident, però, com a mínim, si un té el cap al seu lloc i no busca pornografia infantil ni compravenda d'òrgans o no vol armes d'uns nois russos molt simpàtics, pot establir lligams que valen la pena.

Cada nit m'hi connecto. És la meva hora del pati.

Així vaig endinsar-me en un d'aquest fòrums, així vaig començar a teclejar idees com qui escup a la closca pelada dels cretins, i així, a mesura que més gent em responia —uns eufòrics, d'altres indignats—, vaig entendre que aquest malestar no és una estació de l'any, és un monstre que han anat alimentant de mica en mica, frustració rere frustració, polítics, empresaris, banquers, mestres i un llarg etcètera. Avui la mida de la bèstia és incommensurable, ja no cap dins la gàbia. I no cal ser un savi per tenir la certesa que tard o d'hora en passarà una de grossa. El Faruq —que significa «el que distingeix la veritat de la mentida»— escriu al fòrum que quan no tinguem res a perdre començarà la revolució de debò, que no pot entendre com aquí la gent en té prou de fer una manifestació, aplaudir quan toca, fer quatre pintades absurdes, aturar el país un dia —pots comptar— i que l'endemà continuem com si no hagués passat absolutament res. Diu que potser la gent no sap què vol dir «comprometre's de debò», que ho fan veure, que queda molt bé escriure quatre tuits i després anar a dormir a casa dels pares. Però que si vols que els teus fills gaudeixin de la terra, cal carregar els fusells com ho van fer en el seu dia les revolucions llatinoamericanes i de l'Àfrica negra.

Sempre has de vigilar. Qui hi ha a l'altra banda? El Faruq és un poli que ens alimenta com s'alimenten els porcs abans d'enviar-los a l'escorxador? O vol realment comprometre's?

Després em va escriure la Linna. No parlava gaire als fòrums, però m'enviava missatges privats llarguíssims en els quals debatia sobre el que havia escrit. Ho feia amb molta gràcia i molta vehemència. Era molt inspiradora. La Linna semblava una noia jove amb un ímpetu inexorable i després d'uns quants mesos va proposar de trobar-nos. Normalment hauria dit que no, massa perillós. Ja havia tingut algun problema abans. M'havien cancel·lat el compte a les xarxes socials per amenaçar algun polític. He de dir en defensa meva que no era una amenaça, sinó un desig, però em van denunciar no sé quants bots d'aquests que tenen els partits i vaig perdre milers de seguidors. A part de les amenaces, és clar. I d'aquí em va venir la prudència.

I per acabar hi havia la Mel, d'uns trenta i pocs anys. Parlava sempre a través d'aforismes i GIF, i acumulava tant d'odi en les seves frases que a vegades amb el Faruq jugaven a veure qui la deia més grossa. Em sentia acompanyat amb aquells noms que amagaven tantes inquietuds com la meva.

Quan me'n cansava, respirava profundament i tornava a la superfície. Deixava l'escafandre, em preparava un entrepà de tonyina i investigava què feien i què pensaven els meus alumnes, per confirmar que viuen completament alienats perseguint un *like* com qui pidola afecte. Entregant la seva intimitat igual que es llancen els caramels a la cavalcada de Reis. No són conscients del que significa. Les seves fotografies sinuoses i els balls sexualitzats. No saben que en el *darkweb*, per exemple, moltes de les meves alumnes poden aparèixer en fòrums dedicats a noies amb biquini i ferros a la boca que uns quants depravats troben sexis i expliquen les mil i una fantasies que els dedicarien i que segurament infringeixen el codi penal. És evident que el problema el tenen els homes i la seva ànsia de mirar les dones com si fossin preses. Però a l'enemic, ni una engruna, noies. Avui és el món en què vivim. Deixem-lo millor per a les properes generacions. Quan els ho dic a classe, pensen que soc un censor, que vull prohibir la seva llibertat sexual. Tot el contrari, feu el que vulgueu. Sou lliures. Però allà fora, Caputxetes, hi ha el llop esperant-vos endins del bosc. Defenseu-vos i torneu a casa amb el seu cap, que el penjarem damunt del retrat familiar. Però tant els fa, en tenen prou mostrant-se, sabent que uns quants ulls delerosos resseguiran la seva silueta, que potser un noi —guapo o no— els escriurà un missatge divertit i ple de tòpics i potser quedaran i tindran una excusa per explicar segons què.

Jo també ho feia, ho fèiem tots, però afortunadament no

teníem a les mans una arma —aquesta sí— carregada de futur.

Me n'afartava sovint, de la seva imprudència.

I, aleshores, en acabar, em connectava mitjançant un altre usuari que em vaig crear fa mesos i mirava les publicacions de la Sílvia, la meva exdona. Li agrada ensenyar a les xarxes un món que no sap gaudir en primera persona. Aquest sempre va ser el problema entre nosaltres: la distància entre la Sílvia-que-aspirava-a-ser i la que realment es va conformar a ser. I els fills, és clar, sempre hi seran, els fills, la irresponsabilitat de dur-los a un món que en menys de cinquanta anys pagarà impostos per un aire més net, on la piràmide social s'acabarà de decantar, que patirà estius infernals, pluges torrencials, virus..., i en el qual cobraran una pensió irrisòria que no podran ni somniar.

Som una generació trista plena de fotos felices.

I què podia fer, doncs? Queixar-me, queixar-me, queixar-me? Muntar un moviment associatiu, prometre que mai no em dedicaria a la política, i quan fos el meu moment aspirar a una alcaldia? Entrar en un partit polític, acceptar vassallatge i mediocritat a parts iguals i tancar la boca per un sou discret? Eren moltes les possibilitats que se m'obrien davant dels ulls.

Però què ens unia al Faruq, la Linna, la Mel i a mi? Potser que realment no teníem res a perdre. Ho vaig veure clar quan ens vam trobar als jardins del parc de l'Espanya Industrial.

La Linna va proposar que ens diguéssim el nom de pila (fins i tot en això podíem mentir) no per delatar ningú, sinó per demostrar confiança. Així el Faruq era la Raquel, cabells curts, rossos i tatuatges als braços. La Mel era l'Àlex, un noi de mitja cabellera, ulls blaus, tímid i seriós, i la Linna era la Susanna, química, més alta que un pi i amb ulleres fosques perquè era fotosensible.

Soc el Rafa, però digueu-me Caïm.

7

Poso la clau al plany, obro la porta i, sense desfer la maleta i encara amb la jaqueta posada, m'estiro al llit. Tot fa una olor de casa que conec de sobres.

Aterrant he rebut un missatge de la doctora Gálvez. Li tinc confiança de fa anys, quan els «cinquanta i les pors» van treure el cap i, com a bon hipocondríac, vaig córrer a la consulta a fer-me anàlisis de sang, proves del cor, intoleràncies... Com hauria de fer tothom, coi. Em diu que tot està bé, però no la sento gaire convençuda. Diu que em cuidi, que estic una mica baix de defenses. Per la resta, bé. Per la resta, toca't els collons.

Abans de pujar a l'ascensor he coincidit al portal amb uns nois que carregaven una mudança. «De quina planta deuen ser?», he pensat. Del meu replà. Merda, tants mesos amb el pis buit, ja m'havia acostumat al silenci. I ara, a sobre, no sé qui ve, i em tocarà ser simpàtic, i si necessites res, sal o oli o lubricant, això és casa teva si és que hi ha cases d'algú.

Encenc la televisió i veig que la ciutat està en flames. Papereres cremant a cada xamfrà de l'Eixample. Manifestacions i crits. Algun encaputxat fot una pedrada contra els vidres del Banc de Catalunya. La policia està desbordada. Una pintada en una paret diu: «Ens heu ensenyat que ser pacífics no serveix de res». Em quedo una bona estona hipnotitzat per les imatges. Sembla que estiguin rodant una pel·li d'acció i el carrer Aragó sigui un decorat més. En qualsevol moment apareixerà el Tom Cruise perseguit per algun càrtel de narcotraficants i esclataran un munt de contenidors pels aires.

Va, tu, peu a terra. M'aixeco com un zombi, arrossegant les sabates, poso el pilot automàtic. Assegut al vàter, repasso els nous cossos del Grindr. Cada ciutat, cada país té els seus espècimens. No en trobaré cap de Llançà, avui tots seran del Soho. Envio dos o tres missatges. A un estrangerot, a un tal Federico, i a un amb qui ja he coincidit altres vegades i ara s'ha canviat el nom, però el reconec perquè al final sempre demana «regals». Miro com està avui el supermercat de la carn, si aquests dies sense mi s'ha mogut el mercat d'estiu. Però cap fitxatge que s'hagi de destacar. I els que valen la pena, com sempre amb una clàusula de molts centímetres de més.

Faig tard.

Quedem per dinar amb el Pérez Navarro a prop de la comissaria de les Corts. Anem al Kiku Chan. Un japonès del carrer Numància, petit, sense llum natural i regentat per una família. Amb un sushi de primera divisió i un *pollo rebozado* que l'has de demanar perquè no està al menú. Lloc discret que no sortirà a cap guia de la Barcelona xupi-guai del disseny i els patinets sostenibles ni tindrà la millor puntuació del Tripadvisor. Millor, així no has de demanar taula ni fer cua. Fot més de quinze anys que em coneixen, i quan em veuen arribar, l'amo, un home baixet i encantador, ja em saluda somrient i em prepara la taula del fons, «*somos dos*» li assenyalo amb la mà, m'encén el butà per cuinar-hi la carn i em porta una aigua amb gas amb gel i llimona. El Pérez Navarro no té gana i li demano de tastar la seva part. «Fes», em diu sense treure'm els ulls del damunt.

—T'ho has pensat? —em pregunta impacient.

—No m'has donat temps.

—No en tenim.

—No ho veig clar. —Intento obrir la boca per engolir el niguiri de salmó.

—No em facis suplicar-t'ho. T'he dit de quedar perquè per telèfon és impossible parlar amb tu, i quan ho fas, penso que te'n fots. M'estimo més que em diguis que no i llestos. Si ho fas per fer-te l'interessant...

Deixa la frase a mitges. Faig com qui no vol la cosa.

—Aquest tal Pedro Aguilar de los Pinos...

—De los Montes —em corregeix.

—Era un desgraciat —continuo—. He mirat a YouTube uns quants vídeos seus, un míting, i no entenc per què no li han trencat la cara abans.

—A mi això m'és igual.

—A mi no. —Maki de tonyina sencer i sense mastegar. Vull un primer premi.

—I no li han trencat la cara. Li han disparat, a ell i al seu xofer, i l'han segrestat. Els de dalt estan molt nerviosos. La premsa ens està collant. No sabem si ha estat una acció aïllada o ara Barcelona serà el camp de proves perfecte per a més atacs. Has vist com estan els carrers?

Faig que sí amb el cap mentre demano al mestre una copa de vi blanc. El de la casa, sí, cap problema.

—Sabeu si tenia alguna amant o deutes o havia rebut amenaces?

—Amenaces, les típiques de les xarxes socials.

—I?

—Res. Per aquesta banda, net com una patena.

—Quina informació més teniu?

—Creiem que qui ho ha fet abans ho va intentar amb el president del Banc de Catalunya.

—L'Armengol? —dic en veu alta.

—Exacte.

Aixeco la celles. «Collons», penso, i em vibra el telèfon. Un missatge del Grindr.

—Puc parlar amb ell?

—Encara no. Li hem pres declaració i li vaig prometre uns dies de descans.

—Tu, fotent promeses a un banquer, Pérez?

De postres demano el mochi de te verd. Endrapo també el del comissari. Li dic que sí, que m'hi poso, però que no crec que els sigui de gaire ajuda. Al Pérez Navarro no li canvia l'expressió. Deuen anar molt apurats. Em diu que em passarà els informes dels Mossos, que han preguntat als veïns de les Corts, on hi va haver l'atac. Me'ls envia al correu electrònic. Del tema diners, no cal dir res. Perquè ja sabem com funciona. *Under the table*. Les coses que no existeixen, les que no deixen rastre, no cal perdre el temps comentant-les.

S'aixeca de la taula i se'n va. «Parlem». I em dona la mà, i jo començo a llegir declaracions i més declaracions que no diuen absolutament res. Els veïns, o et donen la clau definitiva o només saben enredar. I si ha estat un pertorbat? Com aquella vegada que un nano va etzibar un cop de puny al Mariano Rajoy quan era president del Govern. No hi havia cap pla malèfic al darrere. Era un pertorbat. Aquí podria ser qualsevol amb dos dits de front fart de les imbecil·litats que proclamava a cada discurs el De los Montes. Potser cal començar per l'Armengol, si tots dos casos tenen connexió, l'intent d'atemptat al banquer és un bon principi per indagar.

M'acabo el cafè sol i baixo pel carrer Numància. Em creuo amb un grup de nanos que comenten les càrregues dels Mossos a la manifestació. No deuen tenir més de vint anys.

Repasso els missatges i el Federico del Grindr m'ha contestat.

8

Ho teníem clar.

Ho havíem parlat un munt de vegades, ara només calia concretar-ho en persona.

Drets a una distància prudencial, cadascú va ensenyar, per voluntat pròpia, les butxaques i la bossa. Ningú havia dut telèfon. Ni apagat. Ni cap aparell electrònic. Érem un grup d'amics fent una cervesa en un banc del parc de l'Espanya Industrial al costat de l'estació de Sants, mentre a pocs metres d'allà les comunitats llatinoamericanes preparaven els seus balls populars. Després de tantes reunions a través d'una pantalla, ja sabíem el nom de pila de cadascú, però fèiem servir els de l'usuari del fòrum. El Faruq (és a dir, la Raquel) va proposar que parléssim honestament de què teníem al cap. Objectius, dates, intendència. Anava massa per feina. Ho vaig trobar molt accelerat. Poc prudent. De principiant. Potser per deformació professional —a vegades ho faig amb els alumnes—, vaig demanar a cadascú que es presentés. M'explico. No calien detalls com ara qui soc, la família, els estudis, l'estat civil... —l'anonimat era fonamental per a nosaltres—, sinó què feia allà i quin era el seu somni. A tots els va semblar bé.

Va començar la Linna (és a dir, la Susanna).

—És difícil ser la primera, no? —Va fer un mig somriure de vergonya—. Sempre he estat en moviments associatius, sí? M'hi he sentit còmoda i durant uns anys he militat en algun partit polític. Però he entès que l'acció directa és una de les poques alternatives que ens queden. Crec que els exemples tenen molta més força, més coratge que les paraules, sí? També he patit les meves crisis, no us penseu... A vegades em pregunto quin sentit té això... —Va fer una pausa per triar bé les paraules—. Vull dir, no sé com es pot llegir avui dia a l'Europa del segle vint-i-u, tancada en ella mateixa, que deixa morir al mar centenars, milers de refugiats que busquen una vida millor... No sé com es poden llegir accions directes, contundents. Objectius clars. Sí? M'enteneu?

—Totalment —va afegir amb presses el Faruq (és a dir, la Raquel).

L'Àlex (o sigui, la Mel) va explicar que ell no havia militat mai en cap partit polític. De fet, durant molts anys no li havia interessat la política, convençut que en lloc de ciutadans sembla que tracti amb clients. I que els discursos s'assemblen més a eslògans per vendre pasta de dents que a una revisió profunda del dentista. El Faruq va somriure amb la metàfora. L'Àlex no va dir res més. Era reservat.

Aleshores el Faruq va agafar el torn de paraula.

—No us vull explicar la meva vida, no el primer dia, ni fer pena a ningú. Odio els victimismes. Però soc una persona no binària i sempre m'he sentit fora de tot arreu. A l'escola, a l'institut, a la feina. Això m'ha fet insegura. I molts cops m'he tancat a casa. No tinc gaires amics. Però puc treballar des de la meva habitació. I controlo el llenguatge informàtic. A vegades he engegat campanyes contra empreses que han discriminat els drets LGTBIQ+. Les estadístiques dels últims anys són esfereïdores. Cada vegada peguen, humilien, maten més gent del col·lectiu. Això és una guerra. Una guerra. Contra ells. Contra el maleït heteropatriarcat que engloba totes les violències estructurals del sistema. —Tots fèiem que sí amb el cap.

Quan vaig acabar amb la meva presentació de divorciat, professor d'història, addicte als llibres i al futbol —sí, un espai on el masclisme i el capitalisme fan bandera de les seves atrocitats, però soc les meves contradiccions—, per trencar el gel vam començar a parlar del nostre projecte. Teníem idees molt diferents i que apuntaven a sectors ben diversos, sempre de dalt cap a baix, és clar, però no era el mateix calar foc a un banc que fer una pintada al Parlament. No era el mateix piratejar el web de l'Exèrcit que buscar més còmplices i al final fer-ne una de ben grossa.

—Pintades? No, gràcies. Ja hem après que ser pacífics no serveix de res.

No ens imaginàvem fent accions simbòliques; nosaltres, l'adolescència, ja l'havíem superat.

Com que havíem quedat a través del fòrum, cadascú va portar una llista de tres idees per dur a terme i per compartir-les amb les altres companyes. Sumant vots, tots apuntàvem cap a la mateixa direcció. Karl Popper ho explica molt bé a *La paradoxa de la tolerància*. Una societat que és il·limitadament tolerant acabarà destruïda pels intolerants, acabarà cruspida pels racistes, pels masclistes, pels xenòfobs... «L'única solució —explica Popper— per continuar en una societat tolerant és ser intolerant amb els intolerants». I això ho afegeixo jo, cal ser violent contra les violències estructurals. Cal ser contundent i eficaç contra aquells que volen aniquilar-nos.

Ara calia posar-se d'acord amb el nom.

—Però n'estem del tot segurs, oi? —va demanar la Linna amb un to precipitat.

Amb mitges paraules tots vam fer que sí amb el cap.

—Ho dic perquè això és prendre decisions que ens poden canviar la vida.

—N'hem parlat molt als fòrums. Això és una pantalla superada —va afegir el Faruq.

—Sí, però una cosa és parlar-ne i l'altra empunyar una arma.

—T'ho vols repensar, Linna?

—No, no... només ho comparteixo amb vosaltres, perquè aquí, cara a cara, potser no hem discutit gaire el que implica fer servir la força.

El debat es va allargar. Les mateixes converses que tantes vegades s'havien fet eternes al fòrum. Amb més o menys intensitat, ho vèiem de la mateixa manera. S'anava fent tard i encara havíem d'aclarir-nos amb les votacions.

El segon que va rebre més suport va ser el líder del partit TFN, amb una ideologia basada a escampar l'odi contra els immigrants i coartar la llibertat de tots els col·lectius que no fossin blancs, casats, de classe alta, puteros i cocaïnòmans de matinada, en una festa, va, company, no ho expliquis a ningú. Els mateixos que per cinquanta euros busquen un nano jove perquè els abaixi els pantalons i tingui la boca ben salivada.

Però a dalt del podi, al lloc del número u, aquell que superava fins i tot l'aberració del TFN, el top dels tops, qui no podia mirar més amunt a la llista, era el president del Banc de Catalunya. Jo també vaig votar-hi a favor. El mateix banc que no tenia cap escrúpol a l'hora de traficar amb armes, especular amb el mercat, buidar pisos ocupats per famílies en condicions precàries i conservar aquell somriure de façana diabòlic. El mateix banc que s'ocupava d'ensenyar resultats i multiplicar, multiplicar, multiplicar beneficis cada trimestre a costa del contribuent.

El Jordi Armengol. Director del Banc de Catalunya.

—I ara què fem? —va preguntar la Mel.

—Ara res. Ara rumiar.

—Ho teniu clar? —La Linna hi insistia—. Us admiro. De fet, que ho tingueu tan clar m'ajuda a prendre una decisió. Però com ho farem?

—Conec la zona per on viu. A vegades l'he vist passar amb el cotxe. Però ara ho hem de deixar dormir —vaig proposar.

—Què vols dir?

—Que és una decisió important. I si la fem, l'hem de pensar bé. Com la fem. Qui la fa. La preparació.

—Té raó —va sumar-s'hi el Faruq—. No podem equivocar-nos.

Els dubtes de com ho faríem van quedar suspesos en l'aire. Les presses només porten problemes. Sé que la Mel potser hauria arrencat el dispositiu aquell mateix vespre, però primer havíem de fer-nos totes les preguntes possibles, saber amb qui tractàvem. Érem tots de fiar, en aquella reunió? O potser hi havia algun secreta? Un home tan important bé devia tenir seguretat i un munt de coses que no ens podíem ni imaginar.

Vam quedar que ens tornaríem a trobar la setmana següent. Al mateix lloc i a la mateixa hora. Sense telèfons.

Algú va dir:

—Podríem fer servir targetes de prepagament.

—No. Són una trampa. Si ens prenen el mòbil podran traçar els nostres moviments pels repetidors. Amb llibretes i apunts. Amb idees concretes. Benvinguts al segle vint.

No fèiem un pas enrere. Agafàvem embranzida. Tots quatre hi estàvem d'acord. Teníem un objectiu comú. Ara les zebres havien de preparar-se, dissenyar una bona emboscada per caçar el lleó. I això demanava imaginació i destresa.

9

Truquen a la porta de casa.

—Sí?

No sé per què collons he respost.

—Som els veïns del davant!

La frase té un entusiasme que fa por. Merda, és clar, els nous veïns. Per uns moments havia oblidat que tard o d'hora em tocaria fer el *paripé*. Em vesteixo corrents. Els primers pantalons que trobo i la primera camisa.

—Un moment!

Sento una veu d'home que vol ser molt amable responent:

—I tant!

Si una trucada de telèfon ja pot ser una intromissió terrible, obrir la porta de casa teva, al teu replà, amb el teu desordre, és pornografia de la dura. «Encara voldran entrar», penso. Però m'afanyo i no tinc ni temps de pensar quina cara faran quan obro la porta.

Davant meu, la imatge d'un intent fallit de família perfecta.

L'home, d'uns cinquanta anys, baixet, amb un bigotet ridícul i cara d'oficinista que no compta les hores extres. Somriu. La seva dona també somriu. Més alta que ell, amb els cabells tenyits de blau i unes arracades que guanyarien el primer premi al concurs del mal gust del barri. Porta les ungles pintades de conjunt amb els cabells. Un blau turquesa d'agafa't i no em miris. Sembla tan segura d'ella mateixa que fa feredat. Col·loco el cos aferrat a la porta de tal manera que el missatge és ben clar: no entrareu a casa.

Ella parla primer:

—Som els veïns. Ell és l'Enric, jo, la Glòria, i ella...

Falta el tercer personatge, en aquest cas absent. Hi és de cos, sí, però dedueixo que, si pogués, abans estaria a l'Antàrtida rodejada de pingüins que allà amb aquell parell d'adults. És una adolescent d'uns... tretze?, catorze?, dotze anys? No ho sé, en aquesta franja de la vida se m'ajunten les edats. Mastega xiclet, té els ulls clavats al telèfon i respira un aire de tantsemenfotisme il·lustrat, que quan aixeca un moment la mirada ho fa més per obligació que no pas per voluntat.

—... és la Martina.

—Encantats —afegeix el pare com si completés la frase.

—Soc l'Albert.

No tinc temps d'afegir res de valor a la meva biografia perquè la Glòria ja ha tret un paquet embolicat.

—Té. És un regal. Res, un detall, eh?

—Dona, no calia.

—Sí que calia —torna a afegir l'Enric—. Amb la mudança i tot plegat potser hem fet molt de soroll i hem causat molèsties... i volem començar amb bon peu.

—Gràcies.

No necessito obrir el paquet per saber que és una capsa de bombons. Caja Roja de Nestlé. Potser del supermercat. Però s'agraeix la intenció. Callem tots quatre. Es fa un silenci un pèl incòmode que trenca la Glòria amb un...

—Bé... només era això, no et volíem molestar.

—No, no és cap molèstia —menteixo.

—Som aquí al davant per si necessites res.

—Igualment. Faig horaris complicats, però si mai...

—De què treballes? —Oh, li ha faltat poc temps a la simpàtica de la Glòria.

—Soc autònom. —I ho deixo així, suspès a l'aire, mentre assaboreixo la sensació que ella, afamada, voldria saber moltes més coses, però no s'atreveix a preguntar-les.

—Ostres..., els autònoms..., els veritables herois d'aquest país. —«Vinga, intenta-ho aixecar, home», penso—. El teu germà —diu a la Glòria— és autònom; i què, el pobre...?

Ella només respon amb un monosíl·lab.

—Ja...

L'Enric deu ser d'aquells que quan parlen ho saben tot, tot ho comenta, per a tot té anècdotes. Les trobades a l'ascensor ja intueixo que seran un infern a càmera lenta.

—I què? Has vist quin merder?

—No... —Aquesta no me l'esperava.

—Com està la ciutat —diu l'Enric amb una indignació forçada.

—No es pot anar pel carrer. Van llançar còctels Molotov.

—Una cosina nostra treballa en una sucursal bancària i està ben acollonida, oi que sí, carinyo?

El carinyo fa que sí amb el cap.

—Jo l'hi dic a la Martina. Si vols anar amb amigues, al cine o a prendre *algo*, d'acord, però pel barri, oi que sí, Martina?

La Martina no fa ni l'esforç de respondre.

—En fiii... —Allargo la «i» perquè soni conclusiva.

Ells tenen més ganes de parlar. Bé, la Martina, no. La Martina té ganes d'agafar una pala i fotre el camp. Amb un gest educat tanco la porta. Deixo la capsa de bombons embolicada damunt de la taula i vaig a dutxar-me perquè avui aniré a passejar per Sarrià.

Quan ja estic a punt, abans de sortir de casa comprovo que no em creuaré amb els veïns al replà. Sento les seves veus, ara llunyanes, enllà de la porta. I començo a baixar les escales encara que visqui en un quart, perquè si senten l'ascensor potser tenen la temptació de treure el cap i trobar-nos «per casualitat».

Quan soc a baix, surto del portal i aturo el primer taxi.

Sarrià és un barri que m'agrada.

Pujo per Major de Sarrià. Primer dubte que em ve al cap: dolç o salat? Pot semblar una *tonteria*, però no ho és. Salat: unes braves al Tomás. Ara, després ja puc preparar un parell d'Almax en vena, gràcies. Són tan bones que els cambrers no necessiten ni ser amables. I això ja em té el cor robat. Quan n'era més addicte les demanava fins i tot per emportar. Però avui no tinc temps, m'aturo i veig, a la porta, una cua de nois *pijets* de bufanda i jersei a l'esquena i de nenes amb arracades Tous. Apa, siau!

Una mica més amunt, els llumets de la Foix. Avui faré dolç. Demà, ja ho veurem.

Demano un tall de coca de vidre. Me l'emboliquen i dic que sí, però abans d'arribar a la plaça ja me l'hauré cruspida. M'atenen amb molta educació i demano, per postres, és clar, un tall de pastís de nata que em fa salivar de pare-nostre-que-esteu-en-el-cel.

Un cop a la plaça de Sarrià tombo cap a la dreta i vaig cap al passeig de la Bonanova. He mirat al Google Maps les possibles arribades des d'altres carrers al número exacte d'Iradier, on viu l'Armengol. La gent d'aquests barris té una altra pell. Es nota. Els rics viuen d'una manera diferent, és una percepció subtil, és clar, però molt evident.

Busco rastres de l'intent fallit amb el Jordi Armengol. No cal dedicar-hi gaire temps per veure clarament que entre un atemptat i l'altre hi deu haver alguna mena de connexió. Un grup d'anarquistes o ves a saber. Escric un missatge al Pérez Navarro demanant-li que m'enviï la seva declaració.

Refaig el recorregut que normalment repetia el banquer pel barri. Inspecciono. Aquí es va aturar el cotxe. Aquesta és la fleca on compra el pa. Van disparar des d'aquesta vorera, des d'aquesta distància. Era de nit. Plovia. Algú havia seguit les seves passes. Repasso llocs que quedin mitjanament a prop. A banda del forn, un dentista i una residència d'avis. M'hi apropo, no tinc res a perdre. Em saluda una noia molt educada. Li explico que treballo de paisà per a la policia. I que necessito fer-li unes quantes preguntes. Em diu que cap problema.

L'Adela no ha vist res. Recorda el dia de l'atemptat perquè durant la nit no van parar de sentir sirenes i ambulàncies. Exagera. Assegura que és un lloc molt tranquil, que els residents tenen les seves visites, però que aquell dia no havia passat res d'especial. Li pregunto si puc parlar amb algun dels avis de la residència. Aquí li canvia la cara. Em diu que malauradament estan a punt de sopar. Que si vull, torni un altre dia, encara que creu que no seran de gran ajuda. *Touché*. Li prenc la paraula. Rebo el correu electrònic amb les declaracions del Jordi Armengol. Surto de la residència i m'assec en un banc, endrapo el pastís de nata i comprovo si hi ha alguna cosa que no encaixa en les paraules del banquer. Alguna peça, algun comentari, alguna sensació. Res. Sembla un atemptat fictici. El Pérez Navarro em diu que no hi ha cap registre de càmeres que delati una activitat sospitosa. L'anàlisi balística confirma que van disparar amb una arma de nou mil·límetres, igual que a l'Aguilar de los Montes. Abans que l'hi pregunti, el comissari em diu que no m'obsessioni amb l'arma perquè han rastrejat botigues, mercats, pàgines web, i no han trobat res prou interessant en els darrers mesos. Seria molt burro, el paio, si acaba de comprar-la. OK. M'acabo el pastís i refaig el camí en sentit contrari.

S'ha fet de nit.

Agafo l'Iphone i responc al Federico del Grindr, Hola!!!!! Poso molts signes d'exclamació. Em respon al moment. No estem per perdre el temps, veig. Em diu de quedar, i li dic que va bé. Em diu que a on. Li proposo anar al Born i després ja ho veurem.

10

Deixar passar un temps era crucial perquè els objectius anessin per bon camí. Dins del meu cervell anàvem passant les pantalles d'un videojoc. Ho havíem de fer de mica en mica, però encara em rondava el perill que allà hi hagués algú amb uns altres interessos. Policies, sobretot. De fet, just abans d'adormir-me, quan les males idees em ronden per damunt del coixí, apareixia un escamot d'agents especials amb crits i amenaces i tiraven a terra la porta de casa i se m'enduien en pijama, emmanillat, cap al calabós d'una comissaria.

A la propera reunió, a banda de buidar les butxaques i deixar els telèfons a casa, proposaria, si a tothom li semblava bé (i, si no, també), aixecar-nos les samarretes per evidenciar que cap micròfon no ens coartava.

Això és una guerra.

L'endemà al matí, després de les classes, vaig aprofitar per anar a visitar la mare a la residència. Uns anys després de jubilar-se, la mare va anar perdent facultats a una velocitat que no era l'habitual, primer un record, després una paraula... Es va aprimar molt i les cames li feien figa. «És el canvi d'hàbits», «Deu patir una depressió», em deien. Semblava un ocellet poruc que piulava poc, per no molestar. Quan jo estava enmig de l'infern del meu divorci, mentre el caos i la ràbia dominaven la meva vida, fou quan la meva mare em va necessitar més, i jo, que no veia més enllà del meu melic, vaig desatendre les seves trucades, els seus crits d'auxili, en favor d'aquella obsessió malaltissa que era recompondre una relació enterrada a cops de pala. I quan començava a guarir-me les ferides d'aquella separació brutal i deshonesta, la mare, la Teresa —a vegades li deia pel nom perquè li feia gràcia—, ja estava unes quantes passes més enllà de l'oblit. Vaig reaccionar tard i malament. Havíem anat a uns quants especialistes, opinions contradictòries, dos o tres diagnòstics, però quan va arribar la cadira de rodes a casa, tots dos, ella i jo, vam sospitar que ja no marxaria.

M'havia col·locat al centre de tot i havia deixat que allò que era imprescindible, una mare, l'única, passés a formar part d'una anècdota. I si no m'havia perdonat el desori d'aquella ruptura, entendre que les seves conseqüències ofegaven de pena la Teresa em va carregar d'una culpabilitat cristiana.

L'Adela, com sempre molt amable, em va fer esperar.

—Ara l'avisem.

No m'asseia. Mig minut i em feien passar. Mirava al meu voltant i només veia criatures alienes al món. Uns ulls grossos que observaven sense comprendre. I aleshores apareixia amb els cabells blancs lluents i les ulleres a la punta del nas, amb un llibre que només fulleja perquè ara llegir la cansa. I aixecava una mica els braços i jo m'ajupia per abraçar-la. I em deia quatre paraules a cau d'orella. Si havia sopat bé. Encara que fos la tarda. Què em faria per dinar. I si la Sílvia està bé. A tot li responia que sí. Els doctors em van dir que era més senzill no contradir-la. I em van explicar el cas de la senyora Carme, que esperava ansiosa la trucada del seu pare, que feia més de quaranta anys que era mort. I que entre els nois de la residència feien torns per, un cop per setmana, trucar i parlar una estona amb ella. I la pobra Carme sempre demanava i demanava que quan vindria a veure-la, que només li donava *llargues*, que l'enyorava tant...

Ens vam asseure en un racó del jardí on l'ombra era agradable.

—Com et trobes, mare?

—Ves..., com vols que em trobi?

—Què estaves llegint?

—Res... No puc llegir gaire, ja. Em perdo.

A vegades ens quedàvem en silenci una bona estona contemplant el no-res.

—Dorms bé?

—Sí. Em prenc mitja pastilleta.

—I el menjar, què tal?

—Com sempre.

Passava una companya de la residència i ens saludava.

—Saps què m'agradaria fer, Rafa?

—No.

—M'agradaria anar a la platja.

—Però si som a la tardor, mare.

—No dic per banyar-me. Anar-hi a passejar. Tots dos.

—Ah..., bé..., doncs..., sí, és clar, ho podem fer, per què no? Alguna platja en especial?

—A Sitges.

Aleshores treia el telèfon mòbil i miràvem junts fotografies. Era la seva part preferida. Somreia! Resseguia amb la punta del dit alguna imatge i fins i tot hi parlava com si poguessin respondre en qualsevol moment. Quan es començava a fer de nit, m'acomiadava d'ella. Era l'hora de sopar. Li prometia —amb una mentida— que tornaria l'endemà, i sempre trigava un parell o tres de dies. Dos petons. Una abraçada. I les seves mans primes i plenes de venes.

Va ser un d'aquests vespres, molts mesos abans, quan vaig veure en un semàfor vermell del carrer Iradier el cotxe amb els vidres foscos del Jordi Armengol. No l'hauria pogut reconèixer si no arribo a tenir la sort de veure'l baixar del vehicle. Era ell, segur. La mateixa cara de bon home que sortia al telenotícies i a les portades dels diaris. Aquell posat de delicadesa que guarden les fortunes, una amabilitat gens feridora, però sempre excloent. Com que jo no tenia ningú que m'esperés a casa, vaig decidir seguir-lo, res, uns quants metres, fins al xamfrà. Prometo que en aquell moment encara no em rondava cap idea, només la curiositat d'on viuen i què fan els rics. L'acompanyava un home corpulent amb americana. Vaig pensar que era el paio de seguretat. Es van acomiadar amb un gest amable i ell va entrar a un portal majestuós.

I, aleshores, abans que comencés l'estiu, aquell recorregut va esdevenir una mena de ritual, sense que ell ho sabés. L'abraçada amb la mare, baixar sempre pel mateix carrer, arribar a Iradier i la puntualitat d'un dels homes més rics del país baixant del seu cotxe.

He de reconèixer que, quan el nom de l'Armengol va aparèixer a la primera reunió, vaig pressionar perquè entenguessin que era una bona decisió, perquè vaig intuir que no seria tan complicat fer-ho. En certa manera vaig condicionar la tria i la decisió.

Som més manejables del que creiem.

El carrer estava ben il·luminat, però no hi havia càmeres. Calia anar amb compte i considerar —o com a mínim sospitar— que el portal de casa seva tindria alguna càmera de seguretat. Aquella setmana vaig visitar cada tarda la mare, que em rebia sempre amb una alegria com si fos la primera vegada. Amb les mateixes preguntes i el mateix llibre obert per la mateixa pàgina. Era atroç assumir que cada cop el seu sistema es reiniciava, que la conversa del dia abans s'havia esborrat igual que un full en blanc.

La ciutat bullia com una olla de pressió, a punt d'esclatar. Només calia trepitjar el carrer per ensumar que tard o d'hora tot volaria pels aires.

Vaig explicar als nois la meva idea. Es van posar molt contents. Encara ens faltava, però, el més important: aconseguir l'arma, assegurar-nos que en el nostre pla no hi havia cap esquerda, organitzar-nos. Aquella beneïda casualitat —tot i que més amunt de la Diagonal les casualitats es redueixen a un petit cercle d'amistats— semblava que fos un senyal diví, o, millor dit, una mica de justícia poètica.

11

Soc addicte a les pantalles, però no he sabut mai explicar-me a través d'elles: ni Twitter ni WhatsApp ni Facebook ni Messenger. Puc dissimular, és clar. Quatre emoticones, punts suspensius, algun missatge amb gràcia. Hola! Amb molts signes d'exclamació. :(i val, entesos. Quina tonteria. Que llisqui la informació. «Quedem a tal hora a tal lloc». «Ja he arribat». «Faré tard». I encara que al Grindr m'hi esforço i hi poso ganes, he de reconèixer que els xats no tenen ànima. No hi ha lloc per a la ironia i jo me'n surto millor en una barra d'algun bar, gintònic en mà, si us plau —i no cal que m'hi fotis tantes fulles, que això no és un jardí, collons—, o asseguts l'un davant de l'altre per saber què carai et passa pel cap mentre parlo o poder observar-te detingudament (per deformació professional) quan m'expliques alguna cosa.

Per això quan el Federico m'ha dit que aquest vespre, de cop i volta, no li anava bé quedar, he pensat que devia ser d'aquells que enreden la troca, dels que et fan parlar molt i bellugar poc. I la llengua té altres utilitats.

No puc quedar 😩

La mare que el va parir.

Havíem quedat per sopar d'aquí dues hores...

M'ha sorgit un problema a la feina.

De què treballes?

La pregunta fora de context era ben lamentable.

Soc autònom.

Vas a la teva.

No. Vaig a la que diuen els clients.

El noto sec. Potser soc jo, per missatge mai se sap. M'emprenya que em canviïn els plans i més d'aquesta manera. És tard. Busco en la resta de converses que tinc obertes. Però *online 30 minutes ago*, *online 1 hour ago*, *online 3 hours ago...* I encara que al Grindr qualsevol hora és bona, la decepció em fa apagar el telèfon. Almenys durant una estona.

Quedem aquesta setmana. Et va bé?

No responc. Que vegi que l'he llegit i que no responc.

No sé si sortir a sopar o demanar un Glovo. Els detesto. No m'agrada veure com la ciutat s'ha omplert de pobres nanos grocs que van amunt i avall amb patinet o bicicleta corrent desesperadament perquè el client de torn no els foti mala nota. Però em pot la mandra. Obro la nevera. Un tros de bròquil que em saluda florint-se. Una peça de fruita. Dues llaunes de tonyina. Marrameu. Sento com a l'altra banda de la paret els veïns han començat a sopar. Riuen. Bé, riu l'Enric, d'aquella manera seva que no entenc per què no ha passat més nits al calabós.

Repasso els informes dels Mossos sobre el segrest del polític. Intento buscar correspondències amb el cas Armengol. Escric al Pérez Navarro, ell sap tan bé com jo, que, si vol que l'acció avanci, necessito parlar ja amb l'Armengol. La seva declaració està plena de vaguetats. No pot ser que no veiés res, no pot ser que no es quedés amb algun detall, per petit que fos. M'assegura que demà al matí em donarà alguna resposta.

—Heu revisat les càmeres amb detall? El xofer de l'Aguilar de los Montes parla d'un Nissan blanc.

—Sí. Ni rastre.

Tal com havia fet la nit abans anant cap al passeig de la Bonanova, me'n vaig a les Corts a veure si trobo alguna pista i un restaurant decent. Sempre que es pugui, feina i plaer han d'anar a l'una.

Les Corts és un barri lleig i sense ànima. Per sota de la Diagonal, amb ínfules de classe alta, però més a prop de Sants que dels *pijos* de Capità Arenas. És un barri amb problemes d'autoestima i que, si no fos pel Barça, passaria desapercebut.

Un cop arribo a la plaça de la Concòrdia m'assec en un dels bancs. Hi ha dos guàrdies urbans que fan fora uns universitaris que volen acampar. Porten sacs de dormir, tendes, cartells. Els ànims estan crispats. Fa uns dies van segrestar el president del TFN i això ha despertat, d'una banda, els caps rapats feixistes (s'han disparat les agressions), i, de l'altra, els moviments socials, que no es volen quedar enrere.

Un dels guàrdies demana reforços i fa ben fet perquè els altres han penjat al Twitter que necessiten el suport dels veïns i la gent ha començat a fer acte de presència. Pel que sé, també hi ha una manifestació en suport del polític, i si els dos bàndols es troben, ball de bastons.

M'allunyo d'allà mentre sento que s'acosten els furgons dels Mossos. Els fets van succeir al carrer Galileu, i jo aprofito per perdre'm per aquells tombants, que tenen més encant del que recordava. M'aturo just davant d'on van edificar aquella mena de transatlàntic horrorós damunt del camp del Barça. Són carrers per a vianants. De fet, el Kiku Chan, on vam dinar l'altre dia, també queda allà a la vora. Entro a La Javanesa. Un lloc de còctels deliciós. Em coneixen bé i el cambrer, després de saludar-me, ja em té a punt el còctel de sempre.

—No, una cervesa, si us plau.

Li pregunto per la manifestació.

—La cosa no fa bona pinta —diu—. La gent n'està farta.

No responc. Me'l miro mentre bec.

—Si jo tingués la seva edat... —parla dels nois que volen acampar a la plaça de la Concòrdia— faria el mateix. Hi ha un quaranta per cent d'atur juvenil, els sous són un insult... Recordes quan ens queixàvem per ser mileuristes? Ara hem de donar les gràcies i acotar el cap. I aquests xavals s'hauran de jubilar als setanta i *pico*, sense pensió. Un futur de merda, Albert. Jo si fos ells també diria prou.

Sona tan convincent que estic a punt de deixar-ho tot i anar cap allà. Miro el rellotge. Se'm fa tard. M'acabo la cervesa, li dono les gràcies i surto del local. Passejo.

Els Mossos van prendre declaració als veïns que havien vist o sentit alguna cosa. Hi ha finestres i balcons pertot arreu. Un edifici abandonat al davant. Res que sigui profitós. No hi ha càmeres. Era el vespre, això vol dir que El Corte Inglés, que queda ben a la vora, estava obert. Pregunto al Pérez Navarro si han revisat les càmeres que hi ha a les entrades i sortides del centre comercial.

Em respon:

—Et penses que som idiotes? No hi ha res que ens cridés l'atenció. A més, van sortir disparats amb el cotxe.

La cosa es posa interessant. Hi ha tan pocs indicis que, si ho volguessin tornar a fer, tindrien tots els números perquè els toqués la loteria de marxar d'allà d'incògnit un altre cop. Torno a sentir aquella adrenalina dels carrers sense sortida. Qui ho ha fet, o els qui ho han fet, perquè m'ensumo que això no pot ser mà d'un únic cervell, s'han pres la molèstia de saber com funciona el joc.

De lluny, sento els crits que venen de la plaça de la Concòrdia. Sirenes, més cotxes de policia arriben a tota velocitat. «Ja està, ja s'ha *liat*», penso.

No hauria d'acostar-m'hi, però la puta curiositat professional fa que les cames se m'hi dirigeixin soles. Hòstia! Han començat a carregar, cops de porra, empentes, han baixat veïns, i per una altra banda els feixistes del TFN s'hi han presentat per acabar la manifestació. Hi ha crits. Algun fotoperiodista. Veïns gravant amb les càmeres del mòbil. Comença a arribar més gent. Més mossos. La plaça es converteix en una mena de ring immens. Han tancat els bars. Algunes cadires de les terrasses volen pels aires. La policia intenta separar, repartir i pacificar. Baixen tres furgonetes de la Brimo. Ara sí, nois, ara ja ha arribat el pastís i el confeti.

Trec el telèfon, i un paio, per darrere, em clava un cop de colze.

—Ei! Què fots?

He intentat mantenir una distància prudencial, no m'agraden aquestes històries, però la batalla —ara campal— s'ha anat engreixant com una bola de merda i ara tots hi estem involucrats. Giro tres-cents seixanta graus; encara que no hi ha escapatòria, intento marxar del lloc. Com a mínim refugiar-me en un bar, el que sigui. Massa tard. Soc a dins de la tempesta. Enmig d'una festa de garrots que no és meva. Què foto? Esquivo un parell de mossos. Aixeco els braços. Ara, una empenta d'un costat. Ara, una trepitjada de peu. Intento guardar l'Iphone a la butxaca, però just en aquell moment una dona que corria rellisca i ensopega amb mi. El telèfon em surt volant de les mans a càmera lenta; jo, per la força de la inèrcia, també caic, i quan xoco contra el terra moll de la plaça veig que el mòbil m'ha anat a parar uns quants metres més enllà i que les botes d'un dels mossos el trepitgen sense cap compassió.

—Noooooo!

No hi ha prou sants per cagar-me en tots.

Sento que m'han amputat un braç, o una cama, un dit de la mà o què sé jo, no puc pensar. M'aixeco amb mal d'esquena, ja m'és igual la càrrega dels Mossos, els manifestants, el TFN, Barcelona i la mare que ho va parir tot. Quan aconsegueixo arribar-hi, el meu pobre mòbil té la pantalla esquerdada i està apagat. Ja no el podré encendre més.

Mentre la gentada s'estomaca, jo em posaria de genolls i resaria un parenostre davant de l'església perquè algú obrés el miracle.

Surto amb pas ferm i decidit.

Rere meu queda la plaça de la Concòrdia amb els crits de la gent i més furgons dels Mossos que van arribant, i uns quants contenidors encesos.

12

Com pot aconseguir una arma, un professor d'història?

Durant aquells dies de pausa ja no em vaig submergir al *darkweb*. La fascinació que em va provocar al principi ben aviat es va transformar en el temor davant d'allò que un desconeix. Era un immens oceà de nit. No em servia cap escafandre i els perills prenien formes ben capcioses. Les hores invertides en aquell mar de pàgines il·legals es van acabar quan el meu cosí del poble, com qui llança un salvavides, em va trucar per saber què tal anava tot, com estava la mare.

—Ves..., va fent...

—Un dia he de baixar a veure-la.

Mon cosí del Pont és pagès. Ha dedicat tota la vida al camp, té un parell de granges, i quan parlem d'aspectes generals i concrets sempre té un punt de vista pragmàtic i gens emocional de com s'han de solucionar els problemes. Si cal sacrificar el bestiar, se sacrifica. Si cal abocar tones de peres i pomes davant de l'Ajuntament, es fa; de fet, millor esclafar-les contra la façana i que deixin marca, que no pas que rodolin per terra. Sempre que podem xerrem una bona estona per telèfon o videoconferència. L'Ignasi es va separar ja deu fer quatre o cinc anys, i no té fills, afortunadament; després hi vaig anar jo de cap, com qui es llança per un tobogan. Vam compartir bones estones explicant-nos les misèries i les heroïcitats d'un projecte de parella que acabava en el no-res. Al final no ens quedaven retrets, només ganes de riure. Sort en vaig tenir d'ell. I m'agrada pensar que ell també deu dir que jo el vaig ajudar com vaig poder.

Aquella tarda em va explicar que, per fi, al poble s'inauguraria una exposició sobre la Guerra Civil. Un del poble, un famós col·leccionista, després d'aconseguir no sé quants permisos havia obtingut data i espai (el centre cultural). Em va dir que no hi podia faltar, que s'hi aplegaria tot el poble, com si fos una festa.

—Va, anima't, hòstia! Ets professor d'història! T'interessarà i després anem a fotre un bon dinar i el dia ja haurà pagat la pena.

Quan un va d'un costat a l'altre és fàcil arribar a llocs que no sospites. Em sentia igual que una maleïda baldufa, capficat amb els problemes, amoïnat per la mare i pendent del grup que havíem creat per atemptar contra l'Armengol. A l'últim missatge havíem quedat que jo donaria senyals de vida, que no fessin res fins que no rebessin instruccions.

L'exposició no va ser res de l'altre món. Quatre fusells. Fotografies. Cartes manuscrites d'amants enllà del front. Uniformes dels soldats. Alguna motocicleta. L'alcalde del poble i quatre regidors. I, és clar, xerrar amb coneguts i saludats que em preguntaven per la mare. Després vam anar a dinar a un restaurant dels afores que fan brasa. Ja me'l coneixia, un lloc excel·lent. L'Ignasi estava ben content de veure'm, expansiu menjant, parlant i rient. Ens vam posar al dia.

He de reconèixer que, si no arriba a ser pel porró de vi i els quintos que ens havíem pres abans, no li hauria parlat amb tota confiança i sense entrar en detalls de les ganes que tenia de fer-ne una de grossa. Vam demanar una altra ampolla. Negre. De la terra. Que en siguin dues. Ens vam deixar endur.

—Una de grossa... Què vols dir?

La cara li va canviar de sobte. L'Ignasi va ruixar de benzina els sembrats quan va saber que la policia s'acostava a buscar les urnes de l'u d'octubre. Havien travessat la carretera amb tractors per impedir-los el pas, i uns quants caçadors, i ell mateix, duien una escopeta per defensar la llibertat dels pobles de ser qui volen ser.

—Per què collons vas ruixar-ho tot de benzina?

—Perquè potser ens fotrien les urnes, però un misto encès... i tota aquella banda de salvatges haurien acabat convertits en cendra.

Sempre em quedava el dubte de si parlava de debò o simplement presumia.

In vino veritas.

Vam brindar.

—Mira, fa temps que estic en contacte amb una gent que també n'està farta, de tot. Són gent jove.

—Gent jove, pa tou.

—No, són gent preparada, amb molt bones idees. I sobretot amb ganes de fer-ne una de grossa —vaig repetir.

L'Ignasi va riure perquè encara no sabia de què li parlava.

—No és cap broma —vaig insistir—. Ens hem reunit unes quantes vegades i tenim un objectiu.

—Quin?

—No te'l puc dir. No perquè no vulgui, sinó perquè crec que et posaria en un compromís. Et puc parlar sense filtres?

Va fer que sí amb el cap.

—I aquesta conversa no ha existit.

—Estem borratxos, Rafa, encara que no ho volguéssim, demà al matí aquesta conversa no haurà existit.

Potser això és el que va decidir-me.

—Ho tenim tot a punt, però només ens falta un detall.

Em va mirar fixament als ulls.

—No tenim cap arma. I és complicat trobar-ne una sense que hi hagi un registre, un document de compra, permisos, algun rastre que no porti directament al comprador... Bé... què vols que t'expliqui, ja t'ho coneixes.

Si hagués fet que no amb el cap, si l'hagués notat una mica confós o incòmode amb les meves paraules, hauria canviat de tema. Però l'Ignasi no va canviar el posat. Al contrari, m'escoltava com qui vol que la història tingui un final feliç. Va fer un glop llarg de vi. I es va escurar la gola.

—No és tan complicat —va deixar anar.

—No? No et vull posar en un compromís.

—No em fots en cap compromís, perquè hem dit que aquesta conversa no existeix, oi?

Vam acabar de dinar. L'Ignasi va demanar el compte i no em va deixar pagar. Quasi ens discutim per la insistència mútua. En sortir del restaurant, em va demanar que l'acompanyés amb el cotxe i vam anar a una de les seves granges. Aquella fortor dels purins i un parell de gossos que bordaven donant-nos la benvinguda. Al costat hi havia un corral ple d'andròmines. Eines per treballar el camp, eines de cotxe, motors, tractors mig abandonats, una mica de palla.

—Ara t'ensenyaré una cosa que no existeix. Com la nostra conversa.

Jo callava, sorprès. Va treure una clau d'una capsa rovellada i va obrir una petita trapa, i allà baix hi havia quatre o cinc escopetes, antigues però lluents.

—Què et sembla?

No podia respondre. Els ulls em brillaven.

—L'avi les va colgar durant la Guerra Civil. No les hi van trobar mai. I després les tenia per si un cas, ja m'entens. Les va recuperar fa molts anys i les tenia aquí mortes de fàstic. Aquestes màquines, com totes, necessiten un manteniment. I no recordo quan, vaig demanar restaurar-les. Funcionen, t'ho asseguro. Hi ha una capsa de bales, intacta.

—Però les bales caduquen, no? —Ho havia llegit no sé on.

—És clar, són pólvora. Però les vaig comprar fa poc i són del mateix calibre. Màgia.

La veu de l'Ignasi sonava igual que un professor davant d'una pissarra solucionant una equació impossible. Cada paraula era senzilla i plena de sentit, com si res no pogués ser de cap altra manera.

—Vols dir que no estan registrades?

—Aquí res del que passa, Rafa, existeix. Té. —Me'n va donar una. Una Star SI-35 de nou mil·límetres de calibre. Pesava—. Ara ja fa temps que no, però abans anàvem a practicar tir i a caçar. Si apuntes bé, no falles.

—Funcionen, aquestes bales, amb una arma tan antiga?

—Cap problema. Si l'arma és antiga, més o menys fins a principis del segle passat, només cal que els cartutxos siguin del mateix calibre. Funcionarà sense problemes.

—Ah... —El seu argument em va convèncer.

—Una altra cosa seria si parléssim d'armes de més de cent anys. Aleshores, no.

Havia rastrejat fins a la darrera pàgina del meu coneixement, sempre poruc, conscient que cada pas deixa un fil invisible que després és fàcil de reconstruir per la policia igual que un trencaclosques i, al final, la solució la tenia a un pam del nas. A una trucada amb l'Ignasi. Això ens donava un avantatge poderós. No ens podrien rastrejar els telèfons, no ens reconeixerien pel canvi de roba, portaríem les cares tapades. Semblava el començament d'un conte bonic. Potser no era un conte per a tots els públics, però ens servia per imaginar les portades dels diaris l'endemà de la nostra acció.

Vam anar a un dels seus trossos i vam estar un parell d'hores practicant el tir. Creia que no me'n sortiria perquè les armes antigues em fan molt de respecte. Però no havia perdut la traça de quan era petit. Apuntava i diana. Apuntava i diana.

Ens vam abraçar amb l'Ignasi i li vaig prometre tornar-li el favor. Es va posar furiós, va dir que d'això no calia ni parlar-ne. Unes escopetes i dues capses de bales. Les vaig posar al maleter i les vaig tapar amb unes mantes. La sang em corria per les venes a tota velocitat. El camí de tornada cap a Barcelona va ser silenciós i frenètic. Sentia el batec del cor a les mans mentre premia amb força el volant.

Vaig arribar al pàrquing de casa que ja era ben entrada la nit. De moment, no vaig pujar cap arma. No volia que ningú em veiés carregant una manta amunt i avall. Si em creuava amb algun veí podia fer-me preguntes benintencionades. Vaig decidir ser cautelós. No em vaig trobar cap veí. I, un cop a casa, vaig engegar l'ordinador i vaig esbufegar tranquil.

13

Hòstia santa. He dormit malament.

Primer pel mal d'esquena de la caiguda. No m'ho veig al mirall, però dec tenir-la feta un cromo. Després per la pena que m'ha deixat perdre un membre de la família com l'Iphone. M'he pres un Enantyum a veure si solucionava l'insomni i el dolor amb una sola pastilla. Dues hores de merda mal comptades i poca cosa més. He comprovat si veritablement havia d'enterrar el mòbil i a primera hora he anat cap a la botiga d'Apple.

—Ha demanat hora? —em pregunta una noia desagradable.

—No. És una urgència. —M'amago rere les ulleres de sol.

—Ah, entesos. Segui aquí. L'avisarem quan li toqui.

Ahir a la nit vaig enviar un correu electrònic al Rubén, li vaig explicar el desastre de nit i que, si no tenia feina, em podia acompanyar a la botiga, em passaria el matí intentant arreglar el telèfon i després, potser, si la cosa no se solucionava, aniria cap a la comissaria dels Mossos per parlar amb el Pérez Navarro.

Tanco els ulls. Ara instintivament trauria el telèfon perquè els minuts passessin més de pressa. Em fotria a renegar pels descosits. Tot em molesta. No em queda altre remei que mirar les cares lletges de la gent a aquesta hora del matí i repassar de memòria tot el que he fet aquests dies.

Per sort, porto sempre al damunt la Moleskine. És veritat que el cas és complex i sembla impossible, a hores d'ara, aclarir cap pista, però encara hi ha uns quants caps per lligar, abans de desistir. Per a mi no hi ha dubte —i per a la policia tampoc— que l'Armengol i l'Aguilar de los Montes tenen algun tipus de connexió. Familiar, potser. D'amics. Negocis. Ves a saber. El *modus operandi* de tots dos atemptats és molt similar. El mateix calibre. I el mòbil? Bé... no cal donar-hi gaires voltes, si llegeixes una mica el diari ja saps que el mòbil del crim és força evident, pocs individus desperten tant d'odi.

Una mà a l'espatlla em treu dels meus pensaments. És el Rubén, que fot molt mala cara.

—Tu, sense mòbil..., sembla un acudit. El cocaïnòman ha vingut a buscar una mica de mandanga al *dealer*.

—Gràcies per venir a donar suport i no a donar pel cul.

—Als teus peus.

—Fots mala cara. —Potser jo, amb la nit que he passat, hauria de callar.

—Mala cara de mala cara? O mala cara de has passat una nit follant sense dormir?

—Gràcies, no necessito els detalls.

—No te'ls penso donar. Imagina-te'ls, que és molt millor.

Somric i ell continua:

—Sabem alguna cosa del... «quin paio més interessant he vist»?

—Després de la primera nit, res. Millor.

No li parlo del Federico.

—Millor?

—Millor, sí. Era un egòlatra.

—És clar, i amb el teu ego ja en tenim prou per anar tirant, oi?

—Exacte.

—Vols que et deixi el meu antic telèfon?

—Aquell que anava amb antena per jugar a la *serpiente*?

En Rubén mira l'estat del meu Iphone i dicta sentència.

—N'hauràs de comprar un de nou.

La noia desagradable ens fa passar. Gràcies. De res. Ens rep un noi que fa esforços per semblar el xaval més simpàtic del món, però no ho aconsegueix. S'ho mira. Ho té clar. Però intenta mesurar les paraules. M'agradaria veure quins cursos els fan a aquests adolescents per no ferir sensibilitats. Després d'una pausa amb els ulls clavats a la pantalla de l'ordinador, em pregunta:

—Tens còpia de seguretat?

Ja comencem.

—No ho sé..., suposo que sí.

—Es fa automàticament de nit, si el deixes carregant-se i connectat al wifi.

—Doncs aleshores, segur.

—Entesos... —Torna a teclejar.

El Rubén em diu que prepari la cartera. Avui aquest ha vingut a gaudir de la meva desgràcia. Un voltor que s'alimenta de la carronya. Me'l conec. El noi em parla de models d'Iphone i de formes de pagament. Jo li dic a tot que sí perquè no vull més merder. El noi desapareix, va a buscar-lo. El Rubén em vol aconsellar i fa preguntes. Diu que potser ell aprofita i es compra un Ipad. Compra el que vulguis, fill. Li dic d'anar a dinar plegats. Però no pot perquè ha quedat. Em diu que, si m'animo, aquesta setmana ha quedat per sopar amb uns amics, gent molt diferent. «Gent molt diferent». Quina por. No sé mai d'on la treu, aquesta gent, el Rubén.

—Del gimnàs, hauries de venir, t'encantaria.

—No, gràcies. No vull deprimir-me més. I els gimnasos són els llocs més depriments que conec. —Però tot això no l'hi dic. Faig mala cara i remugo que ja m'ho pensaré.

Apareix el noi amb una capsa nova, lluent, plastificada. Me l'ensenya. Em diu què he de fer quan arribi a casa. No l'escolto. Trec la targeta. Pago. Amb un dolor terrible, però pago. Vull anar-me'n d'allà, xerrar amb el Pérez Navarro i tancar-me a casa a recuperar la meva vida, amb el meu nou Iphone.

Ens acomiadem amb el Rubén i enfilo el camí cap a la comissaria de les Corts. L'Enantyum ha deixat de fer efecte, i tinc l'esquena com si carregués una pedra.

Quan el Pérez Navarro em veu, el primer que fot és esbroncar-me.

—Per què collons no respons els missatges?

—Perquè ahir em van destruir el mòbil.

—Qui?

—Un dels teus —dic en veu baixa, inofensiu—. Era a la Concòrdia.

—I què hi foties allà?

—Inspeccionava la zona de l'Aguilar de los Montes.

—I no ets prou grandet per fotre el camp si veus merder?

—No em toquis els collons, Pérez.

Fa com qui no m'escolta. Canvia de tema.

—Tens entrevista amb l'Armengol. —Ho diu com si fos un premi.

—Quan?

—Aquest vespre. Et va bé? És igual si et va bé o no. Ha de ser aquest vespre. A quarts de deu a casa seva.

—Entesos... —Li demano—: Tens algun informàtic per aquí a prop?

—Per què? —Fot cara de no entendre res.

—Perquè necessito que m'ajudi amb el meu nou Iphone.

—Què li passa?

—Que no sé com funciona... No sé si tinc la còpia de seguretat feta.

Esbufega.

—Collons, Martínez, no em fotis perdre el temps. No t'assignaré un dels nostres informàtics perquè tu no tens ni puta idea de tecnologia.

—Gràcies.

—Amb l'Armengol, ves amb compte. Sigues simpàtic. No li hem pogut treure res.

El comissari m'entrega una carpeta plena de documents.

—T'ho he enviat tot per correu electrònic, però així segur que no ho perds. Cada vegada estem més convençuts que tractem amb una banda organitzada.

I me'n vaig cap a casa amb els nervis d'una criatura la nit de Reis. Quan arribo al portal, veig de lluny que la filla dels veïns, la Martina —em sembla recordar que es deia així—, ve també de dret cap a la mateixa direcció. Intento afanyar-me perquè no vull coincidir amb ella, però no trobo la clau a la butxaca i és massa tard. Ens quedem atrapats en un silenci inútil, tots dos, a dins de l'ascensor. La nena em mira divertida. Sembla que em desafiï.

Trec el telèfon trencat i me'l miro per fer temps.

—Pobre telèfon... —diu amb la seva veueta i deixa la frase suspesa.

—Sí. Me n'he comprat un de nou. —I li ensenyo la capsa de l'Iphone nou per fingir que soc un adult simpàtic i fardar una mica.

—N'estàs segur, que no es pot fer servir el vell?

La pregunta em sobta.

—M'ho han dit a la botiga.

—A vegades diuen això perquè ens gastem els diners. Ho diu sempre, el meu pare.

—Caram..., si que sap coses, el teu pare...

No entén el meu to irònic. L'ascensor arriba a la nostra planta. Sortim tots dos al replà, i quan estic amb les claus a la mà a punt d'obrir la porta de casa, la Martina —impertinent— em pregunta:

—Vols que t'ajudi?

—Com?

—Amb el telèfon. M'agrada la informàtica. En sé molt, m'ho diuen a l'escola.

—Però potser hem de demanar permís als teus pares.

—És clar.

La Martina m'agafa de la mà i em condueix cap a casa seva. Toca el timbre i crida:

—Ja som aquí, he vingut amb l'Albert!

14

S'havien encès, tímids, dos o tres fanals del parc, alguns dels nanos que hi havia per allà s'asseien a compartir porros i altres es gravaven càmera en mà mentre saltaven amb el monopatí. La nit havia deixat de ser blava. Un altre grup jugava a bàsquet. Algun penjat treia una guitarra acústica i rascava alguna cançó impossible de reconèixer mentre una parella mig enamorada s'asseia en un dels bancs a petonejar-se perquè no tenien cap altre lloc on anar. Era ben curiós, aquell parc, podia ser casolà i sòrdid al mateix temps.

Quan vaig arribar, encara neguitós per la trobada amb el meu cosí, la Mel ja hi era amb la mirada clavada al partit de bàsquet. Els seus ulls resseguien la pilota, però no mirava res, abstret en les seves idees. La Linna venia caminant a poc a poc amb les mans a les butxaques, i el Faruq va arribar cinc minuts tard, amb la suor regalimant-li per la cara.

—Perdó. He tingut un imprevist i...

No calien explicacions.

Crec que van intuir la meva cara d'impaciència, els nervis a flor de pell.

Cinc minuts poden fer que tot això nostre fracassi.

Un minut pot fer que tot això nostre fracassi.

Sabia que, en aquests casos, gestionar la informació és protegir-se. Com havíem fet a la primera trobada, vam ensenyar les butxaques, i, si us plau, és per seguretat: samarretes aixecades, mànigues...

—És clar.

Regnava un silenci expectant. Em miraven com si fóssim en un concurs i jo estigués a punt de treure un sobre i llegir el guanyador del premi. No vaig entrar en detalls de com havia aconseguit l'arma, tampoc van saber que la mare estava en una residència a menys de deu minuts de casa de l'Armengol; de fet, els vaig tornar a preguntar si n'estaven convençuts, mirant de reüll la Linna, que va recollir la mirada per proposar un canvi de nom.

—Armengol és molt comú, ja ho sé. Però no se sap mai. I si nosaltres hem tingut la delicadesa de canviar-nos-els...

L'anomenaríem l'Arxiduc. Com el Francesc Ferran d'Àustria. L'incident que va provocar l'inici de la Primera Guerra Mundial. Una bala que ho desencadenarà tot. Vaig fer una pausa. Rumiava bé quines paraules fer servir. Era prudent triant-les. Fraccionava cada part del pla, i ells, com alumnes ben aplicats, feien les preguntes pertinents.

Quan. On. Qui. Com.

—Serà un dimarts. El de la setmana vinent. L'adreça exacta us la passaré quan sigui oportú. Hi aniré jo, si us sembla bé. —Tothom expectant—. Però necessito que ens repartim la resta de la feina. Com sempre, telèfons a casa. Aquesta vegada connectats. Perquè puguem despistar la policia amb la ubicació. Un cop comencem, no podrem comunicar-nos. Si alguna cosa falla, ho avortarem tot. Necessitaré algú que m'acompanyi amb un paraigua. Sí. Un paraigua. I dos cotxes al passeig de la Bonanova. Una mica distanciats l'un de l'altre. Un cop aniquilat l'objectiu, em canviaré de roba pel camí, pujarem molt tranquil·lament —com qui no vol la cosa— a l'automòbil i ens difuminarem amb el trànsit sempre bonic i agradable de Barcelona.

Un cop exposat el pla, venien els precs i les preguntes. I decidir si els semblava bé. Ho havíem de fer entre tots. La Mel tota l'estona feia que sí amb el cap. El Faruq s'eixugava la suor amb un mocador brodat.

—Aquest només és el punt de partida, podem parlar-ne, discutir per perfeccionar totes les arestes. Soc tot orelles.

—No, no... Està molt bé —va dir de pressa la Linna.

Tothom hi va estar d'acord. Havia preparat bé la classe a casa. Havia dibuixat en una llibreta els moviments i les localitzacions. Els dubtes eren qüestions logístiques.

—A quina hora? (A un quart de nou del vespre).

—Per què dimarts? (No és rellevant).

—Després què farem? (Cap a casa i actuar amb absoluta normalitat).

El Faruq i la Linna posarien el seu cotxe. Un Nissan negre i un Ford blau.

La Mel m'acompanyaria amb el paraigua. Ell també havia de fer un canvi de vestuari. Gorra, ulleres i mascareta.

—Com ens aturarem? Al passeig de la Bonanova no hi ha manera.

—Serà en un xamfrà en concret. Si tot encaixa, tu no ens esperaràs. Quan apareguis, nosaltres ja hi serem.

—Entesos.

De lluny començàvem a sentir la música dels grups llatinoamericans que assajaven les seves danses. El Faruq va moure la cintura amb un pas perquè estava contenta. Ens havíem injectat una droga duríssima, al·lucinògena i volíem abraçar-nos i saltar i creure durant uns segons que érem invencibles i faríem un món més just i solidari.

—La Mel tindrà més informació. No és una qüestió de confiança, sinó de seguretat. M'ha d'acompanyar i la seva tasca és diferent.

L'endemà al vespre vaig citar-lo a dos xamfrans de la residència. Començava a fer fred. Quan vaig sortir, m'esperava puntual fumant una cigarreta. Li vaig dir que faríem el recorregut perquè es familiaritzés amb el carrer i els possibles inconvenients, i que, sobretot, quan passéssim per davant de casa de l'Arxiduc es comportés amb absoluta normalitat. Aquest comentari el va ofendre.

—Per què vols el paraigua? —va preguntar mentre llançava la cigarreta.

—Perquè tombant aquell carrer hi ha una oficina bancària i tenen càmeres. Es tracta de tapar-nos just en aquell moment. Després ens separarem. I cadascú pujarà a un cotxe.

Els preparatius van ser discrets i eficaços. Cada missatge al grup de Telegram era esborrat de seguida. Encara que el Faruq va dir que, si ens investigaven, els podien recuperar. Els dies van passar lents. La mare continuava afectuosa i fullejant un llibre desconegut. La seva tendresa, de sobte, em feia trontollar tot allò que havíem planejat. Barcelona patia una tardor ardent i l'hivern que s'apropava semblava encès a setmanes de distància. Com un incendi que va devorant els arbres i ho deixa tot convertit en cendra.

Va arribar el diumenge i la seva tarda verinosa, el dilluns taquicàrdic i, per fi, el dimarts plujós.

Quina sort, quan vaig sortir a l'hora del pati i vaig contemplar com el cel s'ennuvolava i vaig sentir com retronava de lluny la tempesta que s'acostava a pas de llop. La pluja era el decorat perfecte perquè els paraigües omplissin els carrers. Beneïda pluja. Amén.

I encara que costi de creure, tot va sortir tal com havíem esbossat sobre el paper. Tot. O millor dit, quasi tot.

Vaig convocar la Mel a quarts de vuit prop de casa meva. Primera part del pla no explicada als companys. Jo duria el meu cotxe, el deixaria allà i el recolliria l'endemà mateix. No podia carregar l'arma i rondar per la ciutat com qui du un cistell de cireres. Vam aparcar a prop de la residència. Era l'hora de repartir els sopars. Vaig aprofitar per canviar-me de roba. Gorra. Ulleres. Mascareta. Aquells carrers a certes hores són inhòspits. De rics, però inhòspits. Vaig triar una gavardina llarga per tal de poder amagar la Star. Vam sortir del cotxe, vam obrir el maleter i, un cop fetes les presentacions, Star, Mel, Mel, Star, ens vam dirigir cap a Iradier. Potser ens havíem precipitat una mica, perquè el nostre pas era neguitós i accelerat. Un tro va ressonar ben a prop. Potser l'Arxiduc aquell vespre no seria puntual. La pluja ferotge no ajudava a la precisió dels rellotges.

—Vigila, no rellisquis. Només ens faltaria això.

Ens vam quedar a dalt de tot del carrer, fumant i xerrant, com dos amics del barri. Amb un paraigua obert. Tres minuts més tard de l'hora prevista, el cotxe es va aturar davant del palau de l'Arxiduc. Com havia de ser. Vam avançar unes quantes passes. Com havia de ser. Vaig prémer fort la Star entre els meus braços. De sobte, vaig sentir que era a massa distància, merda, quan ho havia provat al poble tenia una tranquil·litat i una seguretat en mi mateix que allà es perdia amb la pluja lliscant Iradier avall. No podia fallar. No podia fallar. Em repetia, com si fos una ordre, que l'encertaria. L'Arxiduc es va acomiadar de l'home de sempre. El cotxe va arrencar i el paraigua obert em va dificultar el punt de mira. No vaig pensar en res, vaig prémer el gallet.

Una bala.

No vam necessitar res més.

La bala va impactar al cos, i l'home es va desplomar sota la pluja mentre el paraigua li queia de les mans. No va cridar. L'aiguat esmorteïa el so. Suposo que un reguerol de sang es va diluir amb l'aigua que engolia el clavegueram. El cotxe, que ja havia arrencat, es va aturar en sec i va fer marxa enrere. Teníem molt poc temps d'avantatge. Vam tombar carrer amunt, vam passar per davant de l'oficina bancària, em vaig treure la gavardina i vaig embolicar l'arma. No havíem de córrer. Només caminar amb pas ferm, decidits. Ens vam creuar amb un matrimoni que no ens va veure.

—Tranquil, que això és el que havíem previst, tranquil...

El Ford blau i el Nissan negre ens esperaven. El caos de la ciutat quan cauen quatre gotes ens afavoria. Ens vam separar. Vaig pujar al cotxe de la Linna. No sé de què van parlar els altres.

—Per què collons heu trigat tant?

—La puta pluja. —Em vaig treure la gorra i la mascareta i vaig deixar la Star al seient del darrere tapada amb la gavardina.

—I l'Arxiduc?

—Arrenca! —vaig cridar—. Ha començat la Primera Guerra Mundial.

15

Anar a casa d'algú sempre ho he trobat un acte obscè. Si a casa d'un amic ja em sembla pornografia, a casa d'un desconegut em provoca basques. Què cony n'hem de fotre d'on i com viu la gent? L'Enric ens obre la porta amb un somriure de sorpresa i un Oooh! que allarga per fer-lo més ridícul. No triga ni mig segon a disculpar-se perquè la casa està feta un desastre, perdona, eh?, perdona. Tot el passadís l'omplen caixes encara precintades i els mobles plens de roba i llibres.

—No passa res, home —responc com un bon hipòcrita—. Una mudança, és normal. De fet, només venia per un moment, tinc molta feina i faig tard i la teva filla...

No em deixen acabar el collons de frase que ja estic assegut a l'escriptori de la Martina amb el Mac encès i ella ensenyant-me el seu Ipad, els seus AirPods, i no sé quantes coses més que m'explica i a mi m'importen un rave. M'assec perquè l'esquena em cruix a cada pas. M'agafa l'Iphone trencat, hi fa un cop d'ull, com si encara pogués trobar-hi una solució, i el connecta al seu ordinador.

—Aquí dins hi és tot.

—Què vols dir?

—Que puc saber on has anat, quines pàgines has visitat, què has comprat, les fotografies, amb qui parles, de què parles...

Aleshores se'm disparen totes les alarmes. Caguntot! Les converses del Grindr. Bé, les fotografies de les converses del Grindr. Els vídeos de les converses del Grindr. Què collons ha de tafanejar una nena de dotze, tretze anys? Aquesta criatura és un monstre.

—No et preocupis. Només mirarem què li passa i què podem arreglar.

—No sé si tinc feta la còpia de seguretat —responc poruc.

La Martina comença a teclejar, concentrada a la pantalla, amb els dits disparats. No puc entendre què fa. Sembla que s'inventi un llenguatge només a l'abast d'uns quants cervellets repel·lents. Com més ràpid tecleja, més nerviós em foto. Llavors, per si encara no en tinc prou, la Glòria truca a la porta, du una safata amb un suc de taronja i uns croissants. El que em faltava, berenar infantil. Això no ho explicaré mai al Rubén. Vull fotre el camp, al més ràpidament possible.

—He pensat que potser tindríeu gana.

—No, mama, ara no. Ara estem enfeinats. —La ignora—. No has fet la còpia de seguretat, però si em deixes el nou Iphone, puc recuperar moltíssima informació de l'antic i passar-te-la al nou. Et va bé?

Faig que sí amb el cap.

—Me n'he comprat un perquè, a la botiga, el noi aquell m'ha dit que era impossible que funcionés.

—Has de ser més llest amb aquestes coses, Albert.

L'odio amb totes les meves forces.

La nena continua amorrada a l'ordinador amb una cara de plaer que fa esgarrifar. Sento que algú em remena les entranyes, que m'inspecciona el fetge, els budells, que em revisa els defectes... Igual que un metge que, encara que li vulguis mentir, amb un cop d'ull a les analítiques ho sap tot de tu.

Mentre segueix concentrada en el Mac i en el meu nou Iphone, la Martina m'explica que la branca que més li agrada de la informàtica és la seguretat. Parla com una senyora de seixanta anys.

—Anem cap a un món en què la seguretat informàtica cada cop serà més important. Ja està molt amenaçada. Alguns experts anuncien que el proper col·lapse, d'aquí uns quants anys, pocs, serà el de les comunicacions. Imagina't que un dia, de cop i volta, es col·lapsés internet. Què passaria? Tothom es tornaria boig, oi? O millor encara, imagina que un dia tots els estalvis que tens al banc et desapareixen. No hi podries fer res. Pobre per sempre. —Va fer una pausa, va estirar l'esquena cap enrere i va dir, com si fos una victòria—: Ja està.

—El què?

—Ja t'ho he arreglat tot. Mira. Jo, si fos tu... —fa servir un to tan condescendent que no m'estranyaria que a l'escola la marginessin—, si fos tu —repeteix—, guardaria el vell. Perquè no se sap mai què pot passar. Però ja tens optimitzat el nou. Tot exacte com el tenies abans que es trenqués.

—Ah..., bé..., moltes gràcies...

—És un plaer. Torna quan vulguis!

La nena m'ha solucionat el dia. Mentre obro el pany de casa meva, els nous veïns s'acomiaden des del replà com aquelles famílies felices que guarden tres cadàvers al congelador.

M'estiro al llit i m'empasso un Enantyum sense aigua. Em cruix tota la columna vertebral. Missatge del Federico.

Quedem aquesta nit?

No, aquesta nit no, que tinc l'Armengol i no estaré al cent per cent.

Responc:

Perfecte, aquesta nit em va genial.

16

Va ser impossible dormir, aquella nit.

En arribar a casa em vaig tancar al lavabo i vaig dutxar-me durant trenta minuts. L'aigua rajava lentament i entelava els vidres. Em fregava amb desfici els braços, les cames, els ulls. Em volia rascar. Necessitava desempallegar-me d'aquella estranya sensació de brutícia, d'irrealitat. Se'm feia difícil separar si el que havíem viscut aquella tarda era de debò o no.

Vam comprometre'ns amb el grup que durant dos o tres dies no ens comunicaríem. Silenci prudencial. *No news, good news*.

Al telèfon tenia una trucada perduda de l'Ignasi. Demà parlaríem. Potser aleshores ja podia intuir què n'havia fet, del seu regal. Vaig engegar la televisió. Encara no en deien res. Vaig suposar que era qüestió d'hores que saltés el primer titular.

Sentia culpa?

De què? La culpa era un invent catòlic de control de masses. Les ovelles sentirien culpa si de cop i volta etzibessin un cop definitiu al llop? La culpa és una variable en un món piramidal? En una estructura basada únicament en la injustícia es pot fer servir la paraula «culpa»? Em repetia que al món hi ha dos mil cent cinquanta multimilionaris que tenen la mateixa riquesa que quatre mil sis-cents milions de persones. El càlcul és esfereïdor. L'u per cent de la població posseeix el doble que sis mil nou-cents milions de persones, que són gairebé el vuitanta-nou per cent dels habitants de la Terra. Qui podia sostenir aquest model? Quan arribessin els extraterrestres, qui justificaria aquesta repartició de recursos? Vistos des de lluny som ben ridículs. La història s'escriu amb sang. Els covards ocupen els càrrecs a les seves oficines, i a les seves botiguetes, és veritat, però no dicten res que canviï res. Era vergonyós pensar que ningú no es revoltava contra aquest sistema. Intentava imaginar la vida de l'Armengol de manera abstracta. Li esborrava el rostre, la família, els amics, les rutines, les qualitats de bon home que guardem tots i no n'hi ha per a tant. Era una moneda de canvi. Imaginava la pedra de Sísif carregada de deutes, de comissions, d'abusos de poder, de tràfic d'armes, de desnonaments, de beneficis i més beneficis —deshumanitzant-los—, una vegada i una altra, la pedra.

Un avís per a navegants. Això era el principi.

Em vaig estirar al llit i vaig imaginar que allò només era l'espurna que encenia tot el bosc. Un mena d'incendi com el que començava a cremar pels xamfrans de Barcelona. Vaig recordar les revolucions àrabs, l'efecte crida. El cervell se m'omplia d'imatges inconnexes, d'olors, de frases. Recordo el brogit de la bala, el cos caient amb el paraigua, la pluja, i després, una mena de pausa.

Abans d'adormir-me ja va saltar el primer tuit. Les informacions eren contradictòries. Un accident. Un atemptat. L'Armengol ha mort. Assassinat. Coma induït. Se'n sortirà.

El cor se'm va accelerar. *Likes*. Retuits. Declaracions del govern condemnant l'acció. Comentaris cínics i brillants de gent anònima. Vaig apagar-ho tot i vaig posar-me a donar voltes al llit.

Quan es començava a fer de dia, les notícies eren més clarificadores. Un tret a l'espatlla. Jordi Armengol està viu. Estable. No saben qui ha perpetrat l'intent d'assassinat. Ningú ha reivindicat l'acte. I evidentment que ningú no reivindicaria res. Encara que, pensant-ho bé, tant de bo algun sonat amb afany de protagonisme capgirés les investigacions i anés deixant engrunes pel camí fins a dur-los a un penya-segat.

L'endemà al matí, a classe, vaig intentar evitar la notícia. Però era impossible. Jo mateix havia dissenyat les normes del joc.

—A classe parlarem sempre del que passa al món, entesos? Vull que llegiu el diari. I vull que en llegiu com a mínim tres. Perquè entengueu que la història és de qui l'explica. No tindria cap sentit aquesta assignatura si només miréssim cap enrere. La història serveix per comprendre per què som on som, per intentar evitar els mateixos errors que van cometre els nostres ancestres.

I ara com podia jo fer veure que a Barcelona no hi havia hagut un atemptat?

Es van aixecar les mans de sempre. Amb dubtes i reflexions interessants. Sí, Omar. Sí, Estel. I vaig saber interpretar el paper del professor ponderat i pacient. L'analista que diu sense opinar gaire, el fet i amagar de tota la vida.

—Jo us he de dir què en penseu, de tot plegat? No soc aquí per a això. La meva opinió no serveix per a res. Jo us he de donar eines perquè vosaltres en traieu les vostres pròpies conclusions.

Durant el matí la notícia es va confirmar. Havia errat el tret. Hauria necessitat dos intents. Jordi Armengol no faria declaracions. El Banc de Catalunya no faria declaracions. La policia ja treballava amb la pista d'algun sospitós.

Merda, merda, merda!

Tota aquella feinada no havia servit de res? Ara tocava calmar-se.

Aquella tarda vaig anar a recuperar el cotxe davant de la residència de la mare. Hi havia molta policia. Fins i tot vaig apropar-me a un agent i li vaig preguntar si passava alguna cosa. Si necessitaven res. Em va explicar que algú havia disparat a l'Armengol. (El nostre Arxiduc). M'ho vaig fer venir bé per semblar despistat i mostrar interès i ganes d'ajudar. Em va dir que creien que era algú de la màfia.

—Aquesta gent té molts enemics.

No vaig entrar a la residència. Vaig pujar al cotxe i vaig tornar cap a casa amb una única idea que se'm filtrava dins del cap com una gota malaia: això no pot quedar així, això no pot quedar així.

17

Els rics de debò no acostumen a fer gala dels seus diners. No tenen complexos. Poden anar amb uns texans fets pols, que tu ja ho veus, que aquells texans Dsquared valen més que la majoria dels lloguers de la ciutat. Fins i tot tenen més bon gust. Com si l'heretessin pel cordó umbilical. L'entrada de l'edifici on viu l'Armengol és discreta, decorada amb aquell marbre que de manera subtil ensenya la poteta del poder.

Durant el trajecte amb taxi fins al carrer Iradier reviso les fotografies del Federico al Grindr. Espectaculars. No vull fer-me il·lusions perquè la distància entre una imatge ben treballada al Photoshop i el món real sovint és de quilòmetres o, en el millor dels casos, d'anys de diferència. Per no parlar de les mides i els cossos esculturals. Més d'una vegada he hagut d'escriure: Sí, ja sé que ets el de la foto, però collons, que al darrere tens les Torres Bessones de Nova York.

Quan el taxi s'atura, m'obre la porta un guardaespatlles immens, guapot i amb cara de pocs amics. No cal que li expliqui qui soc. Ja m'esperen. *Touché*.

Duc una llista de preguntes a la Moleskine i, amb mi, la incertesa de saber de quin humor deu estar l'Armengol i si deu tenir o no ganes de respondre. És d'aquells homes coneguts de qui se sap ben poc, de la seva vida privada. Gelós de tot el que es publica d'ell, ràpidament el seu poder —invisible i molt més allargassat del que la gent es pensa— aconsegueix que passi sempre desapercebut. Està casat. Té dues filles i un fill. Te'l podries creuar pel carrer i no sabries que li pagues la hipoteca cada mes.

Un cop dins l'ascensor, em miro al mirall. Ara, de sobte, em foto nerviós, com si anés a una entrevista de feina. Quan s'obren les portes, em trobo al replà una noia del seu equip que m'espera i m'acompanya cap al pis.

—Vol prendre alguna cosa?

—No, gràcies.

La noia, que es diu Rita, m'explica que el senyor Armengol encara està convalescent, que per a ell és un esforç haver de parlar, i em demana que quant duraran les preguntes.

—Poca estona.

—Els seus companys ja l'han atabalat i encara no tenen res que valgui la pena.

—Sí. És un cas força complex.

De sobte, em sento un impostor. Abans he revisat les preguntes dels Mossos, però les meves tampoc no seran gaire diferents. Em fan esperar encara cinc minuts més. Demano una aigua. I, de lluny, sento les passes lentes d'un home de seixanta anys que s'acosta. *Voilà!* Amb tots vostès el gran omnipresent i totpoderós Jordi Armengol. Als seus peus. Vist en persona perd, com tothom.

Em saluda afectuós, sense donar-me la mà, que la du subjecta en un cabestrell i s'asseu en una butaca plena de coixins perquè l'esquena li quedi ben recta. S'escura la gola, es neteja les ulleres com pot. Sé que tinc poc temps, bé, ja ho veurem, perquè si estem a gust intentaré allargar-ho al màxim possible. Li pregunto com està, li pregunto pel Barça, quatre parides perquè se senti còmode i no pensi que això és un interrogatori. Abans de dir res demana un gintònic. No n'hauria de prendre, li aconsella la Rita, però el seu poder és tan absolut que fins i tot pot convertir l'alcohol en aigua.

—Em vols acompanyar, Albert?

—I tant que sí. Que en siguin dos.

Ja amb els gintònics a les mans, començo amb la primera pregunta innocent.

—Té al cap algú com a principal sospitós?

—No em tractis de vostè. I no em demanis que faci la teva feina. No, cap.

Bon començament. Zero de dos.

—Hem comprovat el recorregut del teu telèfon i del cotxe, i no vas fer res que fos diferent del que acostumes a fer cada dimarts. Això ens fa pensar que va ser algú que coneixia la teva rutina. Gent propera, podria ser. A vegades aquests casos que semblen qüestions personals tenen més a veure amb temes professionals.

—Temes professionals? —Esbufega i fa una ganyota pel dolor de l'espatlla.

No he començat amb bon peu, i la conversa pot acabar d'aquí menys de cinc minuts. M'empasso la saliva i matiso les paraules.

—Et mous en una esfera, Jordi, que la majoria dels humans no sabem que existeix. Les xifres que manegues fan por. I si tu esternudes, tots nosaltres hem de córrer a pagar interessos. He llegit a la premsa que teníeu en perspectiva la possible compra d'un banc xinès.

—Ja estava tot tramitat. Jo no duia les negociacions i va ser una operació satisfactòria per a les dues parts. Els xinesos, si disparen, no fallen.

Somriu. Fa un glop de gintònic i em mira fixament. Uns segons de pausa. Començo a sentir-me còmode en aquesta partida de tenis.

—Germans, cosins, nebots...

—Si busques l'argument d'una telenovel·la, t'equivoques de lloc.

Tornem-hi. Hauré de picar molta pedra.

—Saps que hi ha molt malestar al carrer, oi?

—Llegeixo els diaris, escolto la ràdio, sé en quin món visc.

—La gent està molt emprenyada. I des de Mossos creuen que potser ha estat una banda organitzada. Anarquistes, potser, o un grup... —No trobo l'adjectiu—. Ningú n'ha reivindicat l'autoria i això ens deixa en una situació complicada. Perquè qui ho ha fet, n'estem convençuts, ho va preparar durant setmanes.

—Tota aquesta frustració, l'entenc. Però em pregunto per què? Hi ha tants adults que es comporten com nens petits que no deixo de sorprendre'm. Les normes sempre han estat les mateixes. A vegades tractem amb gent que només demana drets i s'oblida dels seus deures. Si som on som, és per culpa d'una classe política mediocre que ha posat els interessos personals per davant dels públics. Què esperen que fem, els bancs? Jo responc davant d'un accionariat. Beneficis. Els meus clients volen tenir la certesa que no hi ha cap altre banc al món en el qual es pugui operar d'una manera més segura i eficaç.

—Aquí és on volia anar a parar. Coneixes el senyor Aguilar de los Montes?

—No personalment.

—Hi ha una relació directa entre tots dos casos —puntualitzo.

—Sí, que a ell se'l van endur. Crec que tu mateix veus cap a on va tot això.

Callo. Miro l'Iphone perquè no li aguanto la mirada. El partit de tenis comença a semblar un monòleg. Un glop al gintònic.

—Creus que els xinesos també haurien disparat i segrestat l'Aguilar de los Montes? —em demana amb un to de veu suau.

—No.

Ara el seu to és més sever:

—Creus que algú de la meva família, després de disparar-me per revenja o per diners, o ves a saber per què, aniria a buscar un polític per dissimular?

—No.

S'emprenya.

—Només poden ser una banda d'exaltats. Segur que han deixat rastre a les xarxes. Segur que hi ha alguna càmera de seguretat que els ha gravat.

Té raó. Es prepara per rematar-ho.

—I saps què passarà?

No cal que m'ho digui, acabo jo la frase.

—Que aviat hi haurà un tercer atemptat.

—Bingo, Albert.

Aixeca la copa i beu del gintònic.

—Tens parella?

El canvi de tema m'agafa desprevingut.

—No.

—Fills? —Com que no responc ràpid, ja ho intueix—. Quants anys tens ara?

—Cinquanta.

—Bona edat. —No sé si es fot de mi.

—Bé, els trenta són millors.

—Mentida. Els quaranta són la plenitud. Els cinquanta...

què t'he de dir? Acomiada't de tot. Aviat tot farà baixada i ja no podràs retenir res. —Començava a estar cansat i a la copa hi havia més gel que ginebra—. Mira, l'únic que et puc dir que no vaig explicar als teus companys perquè estava en xoc és que el cotxe que em duia va fer marxa enrere i ens va semblar veure dos individus.

—Dos homes?

—Juraria que sí. Van marxar caminant. Van amagar una arma embolicant-la amb una gavardina i duien un paraigua negre, em sembla, no t'ho puc assegurar.

—I el conductor del cotxe?

—No els va veure bé, tampoc.

—Recordes el color de la gavardina?

—Caqui... Marró...

M'ho apunto. És el màxim que en podrem treure.

—Dubto que marxessin caminant d'allà, segur que els estava esperant un cotxe o una moto —dic—. Esperem que fos una moto, perquè aleshores podrem rastrejar la gavardina.

Encara xerrem una estona més. Crec que ja està del tot a gust i la partida de tenis ha acabat. Ara és amable. Em parla de la seva rehabilitació, que la seva filla gran està molt amoïnada, tan amoïnada que s'ha tornat una obsessiva del control. M'explica les inversions del futur.

—Si vols fer una bona inversió, inverteix en aigua. Els recursos naturals són el futur.

No li dic el que penso. M'explica que tenia un viatge programat a Àfrica. No, no hi he estat mai. Ara és un continent comprat i apedaçat pels xinesos, i per acabar em fa un parell de bromes i s'inventa (crec) les xafarderies dels polítics que, tots a la velocitat de la llum, li han enviat mostres d'afecte. L'Armengol em dona el seu telèfon personal. Caram, quin mèrit. M'estalvio la broma que ja sé a qui trucaré quan necessiti calés. Li prometo que, a mesura que avanci amb el cas, el mantindré informat, que gràcies pel seu temps, als seus peus, als seus peus, als seus peus, i mentre baixo amb l'ascensor tinc un missatge del Federico.

Fas tard.

Sí, faig tard, he barrejat l'Enantyum amb el gintònic i tinc unes ganes de mossegar-lo que no s'ho pot imaginar.

18

Això no pot quedar així.

En tenir la certesa que l'Arxiduc estava sa i estalvi, vaig convocar de nou els companys. A les televisions tothom parlava del mateix. Els tertulians presumien de la seva opinió formada i sense esquerdes. El posat dels periodistes anunciant la notícia era una barreja de cinisme i goig que costava d'entendre. Primers plans, pluja, imatges de mossos d'esquadra acordonant la zona, instantànies d'una Barcelona que no tenien res a veure amb la realitat. A ulls del món era una bona notícia, és clar. Una dona explicava al reporter que havia anat a posar una espelma a Santa Maria del Mar per al senyor Armengol i que s'havia fet el miracle. Sí, senyor, els esclaus exigint a Déu noves cadenes. El mal no ha guanyat. Sempre amb aquesta línia tan difosa que ho separa tot, aquesta divisió simplista perquè els xais remuguin alhora.

La sang no havia arribat al riu, literalment. Va ser una qüestió de centímetres.

Aquella mateixa nit vaig comprovar si l'arma continuava intacta al maleter del cotxe. Era una estupidesa, ja ho sé. Era com aquella criatura que sap on són els regals dels Reis embolicats. Després de sopar, abans de prendre'm un ansiolític per descansar, va sonar el telèfon. Era l'Ignasi, eufòric. Però amb aquella eufòria que delata els borratxos.

—Ho has vist? Ho has vist o no?

—Sí. —Jo només responia amb monosíl·labs, perquè ja començava a intuir que qualsevol paraula podia ser usada en contra meva.

—Digue'm que has estat tu, cosinet, digue-m'ho!

—Escolta, jo no he fet res. Em sents? També m'he quedat de pedra.

I, aleshores, una riallada immensa que em va fer apartar l'orella del telèfon. A què venia de cop i volta aquella poca prudència?

—Aquí hem brindat per tu.

—Qui?

—Tots! —No se sentia ningú, ni soroll de bar ni crits ni aplaudiments—. No ha pogut ser —va continuar—. Ha anat de poc. Però no saps com d'orgullós n'estic, de tu, ets un heroi. Un heroi, em sents? Xxt! No ho direm a ningú, eh?, serà el nostre secret.

—Has begut, Ignasi?

—Hem tastat l'elixir dels valents!

—És molt tard. Demà treballo i necessito descansar.

—És veritat, és veritat, és veritat... Has de descansar, i recorda les paraules sàvies..., la feina mal feta no té futur. A la propera, apunta millor.

I va penjar deixant-me amb la paraula a la boca. Està boig. L'idiota s'havia deixat endur per les passions més baixes. El pla, el meu pla, l'havíem preparat amb temps i fermesa, buscant els punts febles, imaginant possibles contratemps o errades, però no havíem detectat que el meu cosí podia ser una fuita gotejant informació. Havia de patir per ell? Podia delatar-nos? Els borratxos de bar són capaços d'explicar que van conèixer Napoleó, que van fer l'amor amb Marilyn o que el seu cosí és qui va disparar a Kennedy.

L'endemà les classes van passar a càmera lenta. Els alumnes es van adonar que jo estava especialment irascible, bàsicament perquè els adolescents tenen una glàndula desenvolupada que els permet detectar les teves debilitats si ets el seu professor. Són bèsties intel·ligents que no perdonen les defallences dels altres.

Preguntes. Males cares amb els deures. Més preguntes. Poca atenció i mirades al telèfon quan em girava cap a la pissarra. Ho sento nois, però avui no estic per a orgues. Un full d'incidències i cap a la directora.

Al vespre, quan s'esmorteïen els darrers reflexos del sol a les finestres de les cases, vam quedar amb les companyes al parc de l'Espanya Industrial, amb la litúrgia de sempre. Aquesta vegada ningú no va fer tard. Perquè havien viscut a la seva pròpia carn l'adrenalina del perill, l'abisme que s'esquerda als peus quan veus la possibilitat (remota o no) de fer-ne una de grossa i de saber que tot pot canviar per sempre.

Butxaques buides. Mòbils a casa.

El Faruq estava vibrant. Em va abraçar, fort. Era el primer cop que ens tocàvem. Deia que no ho havíem de viure com una derrota, al contrari, sinó com una alerta. Que les televisions, els diaris i la xarxa no parlessin de res més que no fos la bala de l'Armengol era un èxit.

La Linna era més prudent. Es mossegava les ungles i semblava absent. La realitat havia deixat de tenir la mida d'una pantalla d'ordinador per a ella.

—Prenguem-nos un temps —va proposar.

Sabia que la nostra trobada era per parlar sobre què fer

d'ara endavant, però també era conscient que a partir d'aquell moment Barcelona tindria els ulls oberts de bat a bat, amb patrulles vigilant i molts més policies de paisà.

—Un pas en fals i som morts.

La Mel havia fet els deures. Va callar mentre les altres discutien. El seu to era pausat i segur, com si seguís el manual d'instruccions d'algun poder suprem. Havia buscat al *darkweb* i havia trobat els comptes bancaris del Pedro Aguilar de los Montes. El seu i el de la seva dona. I allà —i aquí venia el truc de màgia—, l'adreça del matrimoni. La Mel ens havia llegit els pensaments i s'havia avançat unes quantes passes. I jo, el Caïm, el germà dolent que no va ser prou hàbil amb el ganivet per aniquilar l'Abel i sortir-ne airós, callava.

—Tenen fills? —hi tornava la Linna.

—Tres. Dues nenes i un nen —va respondre la Mel.

Es va aixecar una brisa suau que ens va dur la veu remota de les músiques llatinoamericanes. Van arribar els nois de sempre a jugar a bàsquet i van deixar les motxilles a la vora d'uns plataners.

La Linna deia que això era fer-ne un gra massa, la Mel li va respondre si no coneixia l'arbre genealògic de l'Arxiduc. També té fills i pares, com tothom, Linna. Era la nostra primera discrepància. Necessària, però potser definitiva. Els vaig interrompre de bones maneres per interpretar el paper del professor que vol donar la raó a dos alumnes. Els vaig parlar de l'Albert Camus, que va escriure *Els justos* als anys quaranta, una obra de teatre que s'assemblava molt a aquella discussió. El drama estava basat en la història real de l'assassinat del gran duc Sergei Aleksàndrovitx Romànov. Un grup d'activistes preparen un atemptat. Volen llançar una bomba. Però en el precís instant en què es disposen a executar l'ordre, un d'ells veu un grup de nens a la vora del gran duc i considera —en un sobtat atac de consciència— que ells no en tenen cap culpa i no llança la bomba. El conflicte evoca dos punts de vista. Per culpa de no haver matat aquests nens, demà en moriran molts més, li recrimina un company. És la lluita de sempre. El braç armat contra l'ideològic. La utopia contra la revolució.

No sé si van servir de gaire els meus intents maldestres. La Mel va proposar fer el mateix procediment que amb l'Armengol. Rondar per allà, passejar tranquil·lament, fer-nos els despistats i esbrinar els seus horaris i els seus recorreguts.

Establir recorreguts, ho trobava precipitat i perillós. No estàvem entrenats per a aquest tipus de situacions. Podíem caure en el parany de quatre potes, podien descobrir-nos només amb un parell de semàfors i alguna cantonada de cotxe mal aparcat. I aleshores vindrien les sospites, que desembocarien en les preguntes, i la història ja tindria un final.

Però sí —hi estàvem d'acord la majoria— que calia apropar-nos-hi.

—On viu?

—A les Corts. —La Mel duia un feix de papers.

—Tindrem menys temps per preparar-ho.

—Ens hem de coordinar millor la feina.

La Linna callava més del compte i la seva actitud em feia patir. Si algú de nosaltres feia un pas enrere, queia tot el castell de cartes, el projecte se n'anava en orris i tornàvem a la casella de sortida amb un problema greu: la certesa que els seus dubtes, la seva mala consciència, podia delatar-nos.

—I tu, què en penses, Linna?

Em va mirar amb els ulls tristos. Abans que parlés, vaig intentar suavitzar la pressió:

—Per a nosaltres la teva opinió és molt important. No

podem fer això només tres de nosaltres. Si tu no ho veus clar, ho deixem per a més endavant o, simplement, pleguem i llestos.

—No —va interrompre'm—. Ja sabeu que des del principi he cregut que calia una acció que sacsegés la ciutat. Potser he pecat d'ingènua. Quan el desig s'ha fet real..., no ho sé..., les imatges..., m'han tremolat les cames.

—A totes —va incloure el Faruq.

—Però tampoc vull que hi donem més voltes. M'agradaria que pactéssim que aquesta serà la nostra última acció. —Parlava sincerament—. Heu pensat que això pot despertar una reacció en cadena?

—Tant de bo... —A la Mel li brillaven els ulls.

Vaig respirar alleugerit. Era una primera alarma. Allà mateix, palplantat i amb la nit completa i un fred subtil i esmolat que començava a filtrar-se entre els jerseis, vaig decidir que aquell cap de setmana aniria al poble a veure l'Ignasi —per tenir la tranquil·litat que la trucada de la nit anterior eren imaginacions meves— i per practicar el tir. No podia permetre'm un altre error.

—Com acaba l'obra? —em va demanar el Faruq.

—Com? —No entenia de què parlava.

—*Els justos*. Del Camus. Com acaba? Llancen o no la bomba?

—Sí, al final la llancen...

—I ja està?

—No...

—Què passa amb ells?

—Atrapen a qui llança la bomba i l'executen.

El Faruq va anar a buscar unes cerveses. Ens vam quedar fins tard. Vam fer-la petar i vam riure una mica.

Per repetir exactament el mateix protocol de la primera vegada, van esperar que jo els avisés. Aquest cop la Mel m'acompanyaria pel barri de les Corts. Potser era la pitjor decisió que podíem prendre, però aleshores, és clar, encara no ho sabíem.

19

Quedem a Els Pinxus, de Marià Cubí. Ja em coneixen. I només cal que digui al cambrer la gana que porto i les al·lèrgies —que ja les sap— i aleshores arriba un festival de plats que, si el Federico no val prou la pena, el sopar serà igualment un espectacle. Només de pensar en la truita de gules, senyor, porti el pitet i faci silenci que ja salivo.

Arribo tard. El taxi em deixa just a la porta i dono una propina al taxista pel parell de semàfors en groc que han evitat que faci encara més el ridícul.

M'espera assegut amb una cervesa a mitges. El veig de lluny. No m'ho puc creure, és més guapo que a les fotografies, hòstia! Com pot ser? Cabells morenos fins a les espatlles, barba de tres dies, ulls clars, mans grosses. Sembla que l'hagin tret d'un anunci de colònies. Encara no m'ho crec i deixo anar:

—No tinc perdó, ho sé, ho sé... —En Federico somriu—. Convido al sopar.

—Això, com a mínim... —respon, i s'aixeca i ens fem dos petons mentre em posa una de les seves mans a l'espatlla.

Porta un perfum dolç, m'és molt familiar, però no reconec la marca —em faig gran—, quina bona flaire, no goso preguntar-l'hi. El mal d'esquena s'esfuma de cop i volta. Ara que m'hi fixo, ens separa la taula. Hi ha massa distància entre ell i jo. Les quatre preguntes de rigor. Estúpides. Educades. I arriba el cambrer. Pregunta al Federico si li agrada tot, i diu que sí. Gol. Li pregunta si té gana i ell diu que la justa. Entesos. Aleshores ens explica que anirà traient plats i que quan ja en tinguem prou l'avisem amb una mica d'antelació per comunicar-ho a la cuina.

Tothom al seu lloc.

Comencem a explicar-nos les vides, exagerant. Londres. Nova York. Els viatges. No li explico la meva feina. Me'n moro de ganes, però m'ho estalvio. Li dic que treballo pel meu compte i que ara mateix estic en un parèntesi, meditant què vull fer en el futur. Juraria que s'interessa de debò per mi.

—I tu? —li demano mentre clavo una queixalada al brioix planxat de sobrassada ibèrica amb brie.

—Jo? —La pregunta, ben normal per altra banda, el sorprèn—. Jo, bé..., soc advocat i treballo sobretot amb organitzacions no governamentals. No m'agrada dir que soc activista... Bàsicament em dedico a temes mediambientals. Però soc autònom.

—Autònom? Ja en som dos. T'acompanyo en el sentiment.

M'agrada. Intento que no se'm noti massa. M'agrada molt. Faig cara d'«això que dius és l'hòstia». L'escolto mentre m'explica els vessaments de no sé quina empresa, la contaminació a l'aire d'una cimentera als afores de Barcelona, el canvi climàtic irreversible, en parla amb tanta passió que m'apassiona. Res del que pugui respondre estarà a l'altura.

Continuen arribant els plats: biquini trufat. Takati de salmó. Navalles del Delta.

Ai, senyor.

Me'l miro com menja. Es pot saber com és algú només observant com agafa els coberts, com suca el pa, què fa amb el tros que queda a la vora del plat o com s'escura les dents.

—Una altra ampolla de vi. Et sembla bé?

—Perfecte —contesta pletòric.

—Un de la terra. Un Penedès.

Li explico el cas —dissimulant— d'uns germans que es van discutir a la Barceloneta i un va acabar al mar; li explico el cas del Teatre Romea amb aquell incendi. Però cap de les meves històries li sona.

—M'agrada molt la crònica negra.

—Jo només llegeixo assaigs —sentencia.

Millor complementar-se, és clar.

Sembla tan insolent que ho fa tot encara més addictiu. Seguim parlant, i com més parlem, més riem. Collons, quines ganes que tenia de riure amb la boca oberta. Com més riem, més bevem. La nit és magnífica per escoltar històries. Demanem postres. I uns *chupitos*, convida la casa. Ara parlo jo, ara parles tu. Cap silenci incòmode. Cap paraula dita de més. Coneguts de tota la vida. Venia amb la por de les expectatives ben altes i al final encara farem un cim. Penso en com deu ser follar amb el Federico. Penso amb quants homes deu haver follat. No sé per quin motiu és una idea fixa que no em puc esborrar del cervell. Estic cansat, però podria quedar-me aquí sopant amb ell fins demà al matí.

Discutim sobre qui paga el sopar. M'hi he d'esforçar, perquè el molt desgraciat encara pagaria i em deixaria en evidència. Li dic que ell paga les copes. Fa que no amb el cap. Faig veure que vaig al lavabo i aprofito per demanar el compte.

Sortim al carrer.

—On vols anar a prendre alguna cosa? —li proposo per no delatar-me.

—A casa teva.

Pilota a l'olla i rematada al primer pal, per l'escaire, impossible per al porter.

Si anar a casa d'algú sempre ho he trobat un acte obscè, que vingui el Federico a casa sense conèixer-lo és ensenyar les vergonyes de manera innecessària. Intueix que dubto.

—Casa teva és casa meva si és que hi ha cases d'algú.

—I Déu a la de tots. —Riu i m'acarona el clatell.

Anem fins a Aribau i esperem un taxi. Tots els que passen estan ocupats. M'apropo, ell es deixa fer. Torna el perfum. Som molt a prop l'un de l'altre. I arriba el coi de taxi amb la llum verda. S'atura davant. Ens frenem. Un gest i cap a dins.

—Quina colònia portes?

—Un jardin sur le Nil.

—D'Hermès —dic abans que ell acabi la frase—. Ho sabia.

El sorprenc. He guanyat punts amb el descobriment. Miro el telèfon. Missatges del Rubén i del Pérez Navarro. Clavo la mirada a la finestra. Ell mira el telèfon. Té molts missatges. Intento, prudent, fotre-hi un cop d'ull. Escriu de pressa. Li canvia la cara. Hola? Tecleja frenètic. Ha passat alguna cosa, un problema.

—Tot bé? —li pregunto.

—Eh?

I torna al món real. Em diu que sí. Que no descansa mai, que sempre està connectat a les xarxes. —I sé de què em parla—. Que si no ha mirat el telèfon en tota la nit vol dir que ha estat molt a gust. Collons..., que ho digui en veu alta m'atabala. Deixa anar una llarga respiració. Sona «Town Called Malice» dels The Jam. Papaparapapa, papaparapa.

M'acarona, com si fos un descuit, la mà damunt de la tapisseria del cotxe. On t'has fotut tot aquest temps, Federico García Lorca? Crec que la segona ampolla de vi m'ha pujat al cap. Tot és fàcil. Fins i tot sembla fàcil circular per la ciutat. Taral·lejo la cançó. El miro. Ara ell mira per la finestra.

Arribem a casa. Pugem amb l'ascensor, i, just quan ens estem mirant al mirall, em morreja d'una manera salvatge. Té el gust del *chupito* als llavis. Li torno el petó. Xoquem contra el vidre. Ja som a la meva planta i encara no ens hem desenganxat. Li faig el gest que no faci soroll, que tinc uns veïns nous ben pesats. Entrem a casa i no tenim temps per fer una copa, ens traiem la roba amb urgència, la deixem escampada pel terra del pis igual que les restes d'un naufragi, ens petonegem, no tenim temps d'arribar a l'habitació, follem. Follem amb unes presses que no són normals. Em diu alguna cosa que no puc entendre, caiem extenuats al llit.

Quina hora és? Ni idea.

No li dic que es quedi, però tampoc no li demano que marxi. Que faci el que vulgui, però, si us plau, que es quedi. Treu una flassada i es tapa. Té la respiració accelerada com jo. Suats. Em passa la mà, delicada, per les galtes. Amb un fil de veu, em diu:

—T'he de dir una cosa...

Però ja no me la diu. Ens adormim, plàcids.

Malgrat que no estic per a declaracions d'amor etíliques, i encara que soni com un imbècil, estic content. Sí, content. El pitjor que es pot estar avui dia.

20

El meu cosí em va parlar d'un lloc tranquil, mig abandonat, entre un parell de trossos per anar a practicar el tir, com el primer dia. «No cal que portis res. No ens molestarà ningú». L'Ignasi havia entès que allò anava de debò. Allunyar-me de Barcelona i tot aquell soroll eixordador m'aniria bé per clarificar les idees. I mentre m'esperava a la rotonda de l'entrada del Pont, va llançar amb ímpetu el cigarret a un costat de la vorera, va pujar al cotxe, no es va posar el cinturó, em va indicar la manera més ràpida d'arribar-hi i no es va disculpar per la trucada mig begut de l'altre dia. Per què havia de fer-ho? Entre l'Ignasi i jo, les disculpes i les mostres d'afecte estaven catalogades en una frontera on no teníem accés. No ens havien programat per obrir-nos en canal. Parlar de sentiments era posar l'altre en un compromís o directament (sense voler) insultar-lo. Per parlar ja fèiem servir les exdones i la família, però pel seu posat i pel seu ànim, vaig entendre de pressa que s'avergonyia del «Ha anat de poc. Però no saps com d'orgullós n'estic, de tu, ets un heroi». Per això, segurament, em va dur un paquet de bales de regal.

—Té, convida la casa. Per un món millor!

Abans de venir al Pont havia anat a visitar la mare. Vaig

quedar molt impressionat pel seu canvi, massa sobtat. Havia baixat uns quants esglaons i ja la tenia perduda en el soterrani de l'inconscient. Dies enrere encara filava frases i pensaments amb més o menys encert, sobretot records de quan era menuda, però l'atemptat que va sacsejar Barcelona semblava que a ella també l'havia esvalotat i ara estava molt desorientada. No ens va quedar més remei que quedar-nos asseguts, l'un al costat de l'altre, mirant al jardí com els altres ancians caminaven amb prou feines. La pentinava amb els dits. Ho feia molt a poc a poc, gairebé com un massatge, i ella tancava els ulls concentrant-se en el moviment. Li encantava que la pentinés d'aquella manera. Després em mirava igual que si fos un desconegut, però amb una confiança sobrenatural.

Tres o quatre paraules.

—Avui estàs tan maca, mama!

Quan vaig comentar a l'Adela que la mare estava més absent, hi va treure importància. Potser això també forma part de la feina, aquest no t'amoïnis tatuat als llavis. Em va explicar que la mare havia menjat i dormit bé cada dia, que no havia passat res d'especial. Que a vegades les notícies de la ràdio o la televisió l'atabalaven, però tot dins d'una normalitat cada vegada més fràgil.

—Aquest cap de setmana aniré a veure l'Ignasi.

—Quin Ignasi? —em va demanar amb els ulls petits.

—L'Ignasi. El cosí. El fill de la Carmeta.

—Ah. Encara és viva, la Carmeta?

—No.

—Però si la Carmeta és morta... —va continuar sense escoltar-me—. Fa anys.

—Sí, la Carmeta, sí, mama. Dic el seu fill, l'Ignasi.

I aleshores vaig treure el mòbil de la butxaca i vam mirar

unes quantes fotografies. Ho repetia sovint quan la veia massa tancada en si mateixa. Era una barreja de tendresa i horror observar la mare velleta, somrient a les fotografies amb una felicitat ingènua, parlant als qui miren la càmera, enllà de la imatge, com si fossin allà mateix, entre nosaltres i poguessin escoltar-nos.

—Has d'afinar més, Rafa, has d'afinar més!

Les bales fregaven la diana.

La veu de l'Ignasi podia ser molt impertinent. Amb la superioritat aquella dels ignorants que s'ho miren tot des de la barra. Veient la poca punteria d'aquella tarda al camp, creia que encara era un miracle haver encertat la clavícula del Jordi Armengol. Ens hi vam estar tres o quatre hores bones. Vaig acabar amb l'espatlla destrossada. El sol s'anava enfonsant entre els camps sembrats i l'Ignasi va proposar d'anar a fer un cubata al bar del poble.

Estàvem asseguts a fora, perquè així ell pogués fumar, quan va aparèixer el Gudjohnsen. Ens va saludar de lluny i sense cap invitació prèvia va seure a la nostra taula.

—Què fots, aquí, Gudi? —va dir l'Ignasi massa content de veure'l.

Gudjohnsen, com el migcampista islandès que va jugar al Barça. L'anomenàvem així perquè era ros, i potser en algun moment de la seva vida, com un cosí segon llunyà, sí que hi havia tingut alguna retirada (poca, molt poca) i, mira, els feia gràcia als de la penya del poble cridar-lo així quan miraven els partits a la pantalla del bar. Eren rossos i amb entrades. Però un era un esportista d'elit, amb planta i encant, i l'altre (corria el rumor) perseguia les gallines per satisfer el desig nocturn d'estiu.

El Gudi, vist ara i de prop i amb el càstig que suposen els

anys, era un idiota que només aspirava a ser una caricatura d'ell mateix.

—Què vols que hi foti? Això tu! El poble és meu! —I reia d'una broma que no feia gràcia.

Anava passat de voltes, ho vaig intuir des del moment en què la seva esquena va reposar en el respatller de la cadira. Va demanar un conyac i el seu perfum d'alcohol el podies ensumar des de l'altra punta de la plaça. Ens va explicar que s'havia comprat un cotxe nou. No en recordo el model. Que va de collons i puc fer el merda. Que ell sort que no s'havia casat, que si volia dones, i en volia moltes i de diferents mides i colors i edats, tenia una direcció i un bitllet de cent euros (jo callava sobre l'abús de poder i el fet de fer servir els cossos com una mercaderia més del capitalisme); fins i tot, va dir —i va riure molt l'ocurrència—, si alguna vegada tenia ganes de follar i no volia gastar diners, llançava el bitllet a terra, se la pelava i quan recollia els cent euros se sentia com si hagués cobrat.

Res del que deia no tenia ni cap ni peus. Era un borratxo. Un desgraciat. Un pobre home que acabaria com tothom dins d'un nínxol, però ni fent un esforç ningú podria destacar-ne res a l'altar, just abans d'acomiadar-lo. Una biografia grisa, mediocre, que ni embrutava ni exclamava.

Jo havia de marxar, però vaig endevinar als ulls de l'Ignasi les ganes de demanar-ne una altra i de quedar-se una bona estona amb el Gudi. Això em deixava en una situació compromesa.

L'havia esguerrat un cop, podia repetir-ho perfectament i més amb el Gudi, que de tant en tant cridava el seu nom com si fos un *hooligan*, sense solta ni volta, a un pam de l'orella de l'Ignasi.

—GUDIIIIII!!!

—Ignasi, què et sembla si anem retirant? Jo he de tornar a Barcelona.

—Ja hi som, amb els *camacos*. No ens esguerris la festa, Rafa.

L'Ignasi va encendre un cigarro mentre l'altre feia un gest per demanar una altra copa.

—Què fotries, Gudi, si haguessis de pelar un polític?

Em vaig quedar astorat. No m'ho podia creure. De debò que l'Ignasi havia fet aquella pregunta? La mare que el va parir.

—Pelar-lo, ja està —va respondre l'altre sense donar-hi més importància.

La profunditat dels arguments del Gudi podia ser demolidora.

Vaig intentar canviar de tema. Massa tard. La idea ja s'havia filtrat dins d'aquell cervellet de l'islandès de marca blanca.

—Jo el que faria... —va deixar la frase a mitges, suspesa, barrejada amb l'alè de borratxo— és endur-me'l i tancar-lo en una granja.

—I que amb els crits avisés algú, oi?

—Què collons, els crits? Li tapes la boca amb un mocador. Calla, fill de la gran puta! El dus fins a una granja, als afores, ara totes les putes granges són fora dels pobles, amb els ulls tapats o no, treus un bon ganivet esmolat i li fots uns quants talls pel cos. Pocs, eh?! Tres a les cuixes..., dos als braços..., un a la panxa..., i deixes que els porcs vagin xumant uns quants dies. Se'l cruspiran sencer. I patirà, que això també és important. En menys d'una setmana no en quedarà res, d'aquell polític. I els porcs, contents i tips, que d'això es tracta, no?

—I els ossos? —vaig preguntar encuriosit.

—Desfets a la fossa sèptica.

L'Ignasi no va dir res. Jo tampoc. En Gudi volia convidar-nos a una altra ronda, però nosaltres teníem feina. Ens vam acomiadar a la sortida del poble.

—No t'oblidis de les bales.

Havia begut, però anava bé per conduir. Les paraules del Gudi i de l'Ignasi em van neguitejar tot el camí de tornada; no havia aclarit res, al contrari, se'm barrejaven les bales amb els porcs, la por d'haver anat massa lluny amb la frustració de no haver-la encertat. Les sis de la tarda i ja era fosc, amb una llarga caravana de diumenge de fons.

21

Estic eufòric i enfadat, amb la ressaca dels petons i les ampolles de vi i el gust del Federico ressec a la boca, descabellat, amb les cuixes sortint entre els llençols del llit.

Bon dia. Bon dia.

Encara no m'ho crec. Aquesta nit ha estat per emmarcar. Vaig cap al lavabo i em rento la cara. Em miro al mirall i torno a ser conscient que cada edat demana les seves coses.

A partir dels quaranta enamorar-se és ridícul. Igual que aquells que són pares amb més de cinquanta anys i a l'escola els confonen amb els avis de les criatures. *Forever young*, sí, els collons penjant, també. L'edat es porta dins del cor... Imbècil.

Follar és una altra cosa. Per follar qualsevol edat és bona si tens a mà el sildenafil. Però enamorar-te com una criatura, esperar que et respongui un missatge, i mirar (una, dues, tres, cinc, deu vegades) si s'ha connectat a l'Instagram, pensar què pensarà, et converteix en un analfabet funcional i emocional. Si em mirés amb uns altres ulls sentiria repulsió per aquest Martínez.

Aquest matí, el Federico ha marxat de pressa. Tenia feina. Un petó als llavis. Una torrada i un cafè a mitges. Ens truquem. És clar que ens truquem. Abans que sortís del meu edifici ja li havia enviat una emoticona, quin fàstic.

Surto de la dutxa i penso durant uns segons si tanco o no el Grindr. Provisionalment, és clar, pro-vi-si-o-nal. Recupero els missatges, que vaig mirar ahir de passada, del Rubén i del Pérez Navarro.

Els del Rubén només són emoticones i GIF absurds.

Els del Pérez Navarro, preguntes sobre la conversa amb l'Armengol. Li truco i el poso al dia. Li demano que revisin totes les cintes. Gavardina d'un color entre caqui i marró.

—I fins ara no ens ho dius? Saps quantes hores hauríem pogut avançar?

—He tingut problemes amb l'Iphone, ja t'ho he dit.

—No em toquis els ous.

Té raó. Callo. Perquè semblo un nen inventant-se una excusa davant del professor. No li puc explicar que aquesta nit m'he enamorat com ho fan els adolescents més detestables. A part d'això, tampoc no hi ha res que no sàpiga. Cap connexió entre ells. Tots dos sospitem que és un acte d'una banda organitzada, però no sabem amb quines ramificacions ni amb quines voluntats.

—Aquest vespre aniràs a casa de l'Aguilar de los Montes. I aquesta mateixa nit em passaràs l'informe, entesos?

Aquesta nit volia tornar a dormir amb el Federico.

—D'acord. No tenim cap pista?

—Pistes, totes les que vulguis. Fiables? Cap.

—I en quina direcció esteu treballant?

—En totes, Martínez.

Li noto pel to de la veu que avui no està per a preguntes ni deduccions ni idees noves. El Pérez Navarro pot ser molt dur, sec i té aquella destresa de demostrar-ho amb molt poques síl·labes.

—Entrevistaràs la dona, el pare i el guardaespatlles, que és l'únic testimoni ocular.

—El pare també?

—Sí, encara no han demanat cap rescat, però estem a l'espera. A més, el pare té negocis a la Xina.

—Negocis en un país comunista? Caram, els del TFN, sí que són oberts...

Silenci a l'altra banda de l'auricular. La meva ironia d'anar per casa no li fot ni la més remota gràcia. Em passa l'adreça de casa dels Aguilar de los Montes. Al barri de les Corts. Li prometo que quan surti d'allà li trucaré. Em demana delicadesa amb la família, que no hi ha notícies noves de la desaparició, que si em pregunten, digui que totes les línies d'investigació continuen obertes i que no podem descartar res.

Paraules buides, vaja.

Les seves recomanacions m'ofenen.

—Collons, Pérez, que no ho he estat sempre, de delicat, jo?

—Sí, però ja m'entens. T'envio la informació al correu electrònic. Ja tens el telèfon arreglat?

—És clar.

—Has anat a alguna botiga o ara ja ets tot un enginyer en informàtica?

Cabró.

Pengem. El Federico se m'ha avançat. Em proposa sopar. Repetir dues nits seguides amb una primera cita pot ser motiu d'una declaració d'independència, una revolta popular o la caiguda de les Torres Bessones al cor del país més poderós del món. Càgun la santíssima puta. Els dits m'anirien tots sols per escriure un sí com una casa de pagès i alguna emoticona, però sé que en el mateix instant d'enviar-la ja me'n penediria, merda. He d'escriure que no. Va, que tu pots, Martínez. Intento camuflar el «NO» amb un podríem quedar a la nit i anar directament a les postres. Lamentable, ho sé. Poc nivell, vulgar i massa suat. Però les presses són molt traïdores. El veig en línia i no respon. Ha vist el missatge, collons si l'ha vist. I no diu res. Potser l'he decebut. Potser així també li desperto més ganes de tornar-nos a veure, què sé jo... Abans de seguir fent el ridícul, responc al Rubén.

Em miro els informes sobre la desaparició de l'Aguilar de los Montes. Casquets de bala del mateix calibre que els de l'atemptat de l'Armengol, descripció dels assaltants segons el guardaespatlles i poca cosa més.

Passo la tarda amb el Rubén. Una tarda lenta, que no avança perquè cada deu minuts comprovo si tinc o no resposta del Federico. Em plantejo enviar-li un altre missatge, però no vull que senti que el pressiono.

—No ho facis —m'avisa el Rubén.

—Per què?

—Perquè si ja és ridícul enamorar-se, pitjor és arrossegar-se per un missatge que no t'han respost.

No l'hi dic, però el desgraciat té raó.

—I no et fot fàstic haver de trobar el polític aquest?

—Per què?

—Saps què opina dels homosexuals?

—I tant que sí.

—Si fos per ell ens fotria a tots en un camp i au... Espero que no aparegui mai més —diu.

22

Ho feia cada any. Escrivia a la pissarra frases lapidàries (algunes de tendencioses) sobre la guerra i les seves conseqüències per fer-ne un debat amb els alumnes.

«Mentre la guerra sigui considerada quelcom dolent, conservarà la seva fascinació. Quan es consideri vulgar, la seva popularitat caurà en picat». OSCAR WILDE.

«Cada guerra és la destrucció de l'esperit humà». HENRY MILLER.

«La pau més injusta és millor que la guerra més justa». ERASME DE ROTTERDAM.

—Què n'opineu, d'aquesta última, estimats alumnes amb lleganyes als ulls?

L'Estel va aixecar la mà i, amb un to ferm, va delatar-me.

—Tot són frases d'homes.

Tenia raó. Cinc anys enrere ningú no hauria gosat fer-me aquest advertiment, avui quedo retratat com el que soc, algú de la generació de principis dels vuitanta. Vaig intentar entonar un *mea culpa* i redirigir el pensament cap a Erasme de Rotterdam.

Vaig subratllar la frase, pornografia emocional. No apta per a menors i quasi obligaria a esborrar-la de qualsevol llibre de text. Només calia llegir una mica d'història per entendre que sense guerres (justes o injustes, jo, en valoracions morals, no m'hi fico) els pobles no haurien pogut preservar les seves llibertats o els seus drets. Ves a un camp de concentració a Polònia a mitjans del segle XX i explica a tots aquells jueus que és millor la pau que viuen que els trets alliberadors —americans o soviètics— que els faran sortir d'allà per recuperar la poca dignitat que el nazisme els ha robat per sempre i per plorar d'una vegada per totes la mort dels seus.

Les veus dels alumnes em ressonaven llunyanes dins el cap. Després del diumenge al Pont, se m'acumulaven les preocupacions: la fluixera de l'Ignasi, els remordiments de la Linna, la pressió i la logística per a un segon atemptat...

Les classes van passar a un segon terme i crec que el claustre de professors ho va notar. Estava més irascible, havia perdut l'empatia envers un propòsit molt més important. Estàs bé, Rafa? Vaig inventar-me un mal moment personal —que era cert—, sobretot vaig fer servir la mare d'escut contra la poca productivitat i les males classes d'història, absent i erràtic.

De matinada vaig tornar al nostre fòrum. De matinada els vaig tornar a citar. De matinada, en menys de deu minuts, tots van respondre.

Aquesta vegada vaig ser jo qui va arribar tard al parc de l'Espanya Industrial. Tots quatre m'esperaven, o fumant o passejant inquiets, mirant la gent amunt i avall.

—Hola, Linna.

—Hola, Caïm.

Necessitava sentir-la parlar. Amb el posat discret no tenia prou indicis per esbrinar què s'amagava rere la seva culpabilitat de ferro forjat o de vidre trencadís.

—Com et trobes? Has pogut descansar i pensar, aquests dies?

—Sí... Vaig molt atabalada de feina, però tot bé.

Cap pista.

La Mel i el Faruq se'ns van apropar. Tenien moltes ganes de posar en comú aquell parèntesi de reflexió, es morien de ganes de compartir les seves idees.

—Esperava que m'avisessis per anar a les Corts. Vam quedar així l'últim dia —va exigir la Mel.

—És veritat. Però no volia precipitar-me. —Volia ser conciliador i al mateix temps demostrar que tenia les idees clares—. Encara no hi he anat.

—Caïm, els dies passen i la gent se n'oblida.

—El que passa en aquest país —va recollir el testimoni el Faruq— és que pots aturar-ho tot un dia; però l'endemà, cap a la feina i aquí no ha passat res. Ja no parlen de l'Arxiduc i la gent cada vegada sembla més desanimada.

Vaig fer una pausa. Em vaig aixecar i els vaig preguntar què havien pensat durant aquells dies. Com se sentien. La resposta va ser unànime i sense matisos. Setmanes enrere havíem començat una expedició i érem ben a prop de descobrir la terra promesa. Ho volien fer, ho volien fer, ho havíem de fer.

La Linna era més prudent, però s'havia enrolat al vaixell. La Mel havia tret més documents que havia aconseguit al *darkweb,* ell i jo rondaríem pel barri, cercaríem rutines, angles morts, càmeres de seguretat, carrers per als vianants i carrers on poder aparcar el cotxe. Era un barri més concorregut. El Ford blau de la Linna i el Nissan negre del Faruq. Vam fer broma sobre la meva punteria, i els vaig explicar que havia dedicat hores al poble a millorar-la.

—I després què farem? —La Linna hi tornava.

—Després de quan? —La Mel.

—Després d'acabar amb aquest fill de puta.

—Desaparèixer. —Jo—. No ens tornarem a posar en contacte fins al cap de molt de temps. Encara que les coses es posin magres.

—Què vol dir que les coses es posin magres? —Linna.

—No ho podem preveure. És una manera de parlar.

—L'altra vegada havíem preparat millor el cop. —Linna.

—Aquesta vegada ja tenim l'experiència. —Mel.

—No ens precipitarem, Linna. Ho farem bé. Ens hi va la pell a totes.

L'eufòria del principi es va enrarir de sobte. Era el fred d'aquella plaça de sorra, mig abandonada a l'hivern. Ens vam posar d'acord. Començaríem l'endemà mateix.

I així ho vam fer.

L'Aguilar de los Montes vivia al carrer Galileu cantonada Remei. Un parell de carrers per sota d'El Corte Inglés. Era un bon lloc per a nosaltres. No hi havia bancs. Res de càmeres de seguretat. La plaça de la Concòrdia, és cert, quedava un pèl massa a prop, però just davant de casa seva hi havia un bloc mig abandonat propietat de l'Església. Una mena de convent o espai de recés per pregar, que habitaven els gats i les heures que es cruspien les parets. Em va venir al cap la meravellosa frase de Dostoievski a *Els germans Karamàzov*: «Si no ens mira Déu, qui se'n riu, de nosaltres?».

Com que era impossible establir un patró amb els horaris de l'admirat polític, vam fer torns. Rondes i vigilàncies de cinc hores. Hi havia un bar a prop. No era el punt de vista ideal, però es podia anar compaginant amb passejades, trucades i falsos descansos allunyats del portal per si hi havia càmera de seguretat. Al cap d'una setmana ho teníem més o menys clar. Dimecres al vespre. La nit era important, la nit ens protegia.

Deixaríem el cotxe un xamfrà més avall, a Taquígraf Garriga. Paraigua. Canvi de vestuari. Rostre tapat. La Star amagada al maleter del cotxe. La Mel i jo arribaríem des de la plaça de la Concòrdia. Trauríem l'arma i, col·locats a una distància menor de la del carrer Iradier amb l'Arxiduc mundial dels bancs, aquesta vegada no fallaria.

Bé, vam fallar amb el calendari. Dimecres hi havia partit del Barça. Partit de Champions. A ells, que el futbol els semblava l'opi del poble, els ofenia profundament canviar la nostra acció, expiadora de pecats, per una fotesa com un partit de futbol protagonitzat per vint-i-dos analfabets milionaris.

—Tant se val, fem-ho dimecres.

—Massa gent.

—O no. A quina hora arriba?

—A quarts de nou.

—A quina hora és el partit?

—A quarts de nou.

—Ens podem perdre entre la gent, els serà més difícil trobar-nos.

El Faruq estava obstinada a fer-ho, però ho vam votar i els altres tres no ho vèiem gens clar. Decidit. L'endemà. Dijous. A la mateixa hora. Perquè els dimecres arribava puntual a casa i els dijous sortia a córrer tot sol. Encara millor. El futbol i Déu ens havien posat l'escenari ideal per no cometre cap error, que baixés el teló i que el final fos feliç, una petita destrucció de l'esperit humà.

23

Poques vegades m'he trobat cara a cara intentant ajudar en tot allò que detesto. És una barreja complicada entre la feina i l'emoció. Intento no tenir aquests pensaments cursis, però em costa molt no fer-ho, perquè mentre m'apropo a les Corts, prop de la plaça de la Concòrdia, repasso l'informe dels Mossos i llegeixo algunes de les declaracions del Pedro Aguilar.

«La llei del matrimoni homosexual és contra natura, és com si acceptéssim la unió entre dues germanes o un gos i una senyora».

«En aquest país hem passat de fotre pallisses als homosexuals al fet que ara imposin la seva llei».

Perles per a un col·lectiu oprimit. Bravo, nano! A cada nova declaració, un glop de fàstic em puja per l'esòfag. Deixo de llegir, no fos cas que faci mitja volta i cap a casa i, au, ja t'ho faràs. Ara no, però abans, quan la ciutat era una altra, podia triar qui o què investigava, la Barcelona de principis de segle era fantàstica, i segurament un cas com aquest no m'hauria interessat, però *the times they are a-changin*.

M'escriu per fi el Federico, em diu que canvi de plans, ho sento molt, però aquesta nit no soparem. Oh!, responc. Li encanta la meva proposta de quedar directament per llençar-nos els gintònics per damunt. Vols anar a algun lloc? Quedem a casa? No trigo ni mig minut a enviar-li una emoticona per demostrar-li que la idea promet.

Au, torna a fer el ridícul.

Preparo el telèfon per enregistrar tota la conversa i truco al timbre de casa dels Aguilar de los Montes.

La minyona, llatinoamericana, m'obre la porta. Cara compungida, veu petita.

El pis no és ni espectacular ni detallista, no supera la mitjana d'un catàleg d'Ikea amb una mica més de mal gust i algunes imatges de verges i jesusos clavats a la creu. Santa Maria, Mare de Déu pregueu per nosaltres, pecadors. Damunt d'una gran taula que presideix el menjador, cartells amb la cara del polític, documents que no sé què signifiquen i moltes fotografies. Els fills del matrimoni són amb l'àvia i els cosins. I, assegut al costat de la família, amb el braç enguixat, un paio de metre noranta amb barba espessa i cara cansada.

L'armari encastat respon al nom de Julio. La dona i el pare del segrestat: Inés i Jacobo. Amb aquests noms podrien ser els components d'un grup melòdic dels anys seixanta.

M'ofereixen un got d'aigua que declino amablement.

Em fan seure en un sofà incòmode i ostentós i engego amb les preguntes, sobretot cap a ell. Però, abans, un pròleg de bones intencions.

—Ja sé que aquesta conversa l'heu tinguda amb els Mossos, no voldria fer-vos perdre el temps, només m'interessa repassar alguns aspectes, entendre algunes connexions si és possible... Allò que pot semblar obvi a vegades destapa noves línies d'investigació. A més —faig una pausa per escurar-me la gola—, tenim informació nova de l'atemptat del senyor Armengol. I ens agradaria poder contrastar alguns detalls.

—Estem molt cansats... —El primer a parlar, evidentment, és el pare.

—Me'n faig el càrrec.

La minyona pregunta si necessitem alguna cosa. La Inés li diu que no i que si vol pot marxar a casa. Ella assenteix.

—Com et trobes del braç? —Primer, l'empatia amb el de la barba, gràcies.

—Millor. Sort que la bala va sortir neta. Necessito uns mesos de recuperació, però això no és res. Quina informació nova teniu?

—Una gavardina. Recordes si els assaltants duien una gavardina?

—Sí.

—En recordes el color?

—No exactament... però no era una gavardina fosca... no era negra, crec.

—Recordes alguna cara? Algun detall? Cabells, tatuatge, arracades?

—Això ja ho he explicat als teus companys...

—Ho sé... però a vegades després del xoc les imatges s'aclareixen.

—O s'esborren —va concloure la frase el simpàtic del Julio—. Anaven amb la cara tapada. Eren joves. De mitjana edat, res més.

—Vas sentir alguna frase? Parlaven entre ells?

—Tot va anar molt de pressa. Va baixar un Nissan Qashqai blanc contra direcció. En això m'hi vaig fixar perquè m'agraden molt els cotxes. Hi havia un ocupant, i ells eren dos. Res més perquè l'individu em va fotre una *patada* i ja està.

—Escolti —el to del pare era sever—, no és que vulgui emprenyar-lo amb la seva feina, però si aquesta conversa no ha de servir de res, nosaltres necessitem descansar. Demà tenim entrevistes amb les televisions i arrenquem una campanya a les xarxes per trobar el meu fill.

—La bala és del mateix calibre. La del senyor Armengol i la del Julio.

—A ell també li van disparar —afirma la dona volent deixant constància de la gravetat.

Faig que sí amb el cap. El conductor m'explica, paraula per paraula, la mateixa declaració dels fets que tinc a l'informe dels Mossos. És complicat tractar amb gent que ha patit una situació com aquesta. La sensació d'injustícia pot encegar qualsevol judici. És difícil treure'n res de bo, però ara venia el torn de les preguntes personals.

—Han rebut algun tipus d'amenaça?

—Que no veu les xarxes socials? Rebem amenaces cada dia, durant cada acte polític, pel carrer, com més vots guanya el partit del meu fill, més amenaces.

«Atiar l'odi té les seves conseqüències», penso mentre faig cara de pòquer.

—Vostè —m'adreço al bo d'en Jacobo— té negocis a la Xina.

—Sí.

—Sap si hi pot haver alguna relació?

Aquí l'emprenyo. Ho sé. I què?

—Miri, ja li hem dit tot el que sabem. El Banc de Catalunya també ha tancat una operació a la Xina, però és un país immens, ple d'oportunitats. Els meus negocis no hi tenen res a veure. Faci el favor, només cal una mica de sentit comú. Primer van atacar el senyor Armengol i després, el meu fill. Tenir raó, en aquest país, com pot comprovar, és perillós. No perdin el temps en conxorxes mundials o teories de la conspiració. Això és un grup d'extremistes, d'antidemòcrates, que ens volen acoquinar. Són terroristes...

Em mira fixament als ulls i jo li mantinc la mirada.

—Té raó. Però no volem descartar cap hipòtesi.

La dona pren la paraula, sembla que en qualsevol moment es pot posar a plorar.

—Esperem des del primer dia que soni el telèfon i que ens posin les condicions que vulguin. No sabem res. Només vull que el meu home, el pare de les meves filles, torni a casa sa i estalvi. Però passen els dies i no sona cap telèfon. T'ho imagines?

—No... —responc instintivament.

—El seu mòbil el van trobar tirat al voral de la carretera.

—Hem revisat els missatges i les trucades i no hi ha cap indici que ens faci avançar en la investigació. Però això descarta, en principi, el seu cercle més íntim de contactes —dic en to prudent, però quedo en evidència.

—És la seva feina —afegeix el pare—. No la nostra. I nosaltres estem col·laborant en tot el que ens demanen.

La Inés plora. Té el rostre desencaixat de les hores sense son, de l'angoixa d'allò que sembla sentenciat, però encara no en tenen la certesa. Intento empatitzar amb el seu dolor, malgrat que jo n'estic immunitzat. El Julio treu un mocador de roba brodat i l'hi atansa, i ella li dona les gràcies. El Jacobo s'enfada. És d'aquells homes que no es donen (ni tenen) el permís de mostrar les seves emocions perquè es pensen que si ho fan són més febles.

—Heu revisat les cintes d'entrada i sortida de Barcelona?

—Sí, però és una feina molt laboriosa. No sabem si van sortir de la ciutat o no. La lògica ens fa pensar que sí, que van marxar de Barcelona perquè això els dona més facilitats. Però no tenim clar cap a quina direcció van fugir.

Em sento més desanimat que després de la conversa amb l'Armengol. La connexió amb l'altre atemptat és clara. La gavardina. Les bales. El mateix *modus operandi*. La resta de la conversa és intranscendent. Em sento com l'ase dels cops. La seva frustració ara mateix té un rostre i és el meu. Intento no semblar mal educat. Faig veure que m'apunto més detalls dels que m'apunto en realitat. I el Julio em dona el seu telèfon, perquè si la memòria l'ajuda m'ho farà saber. Quan surto de la casa no miro les fotografies familiars. Quan baixo amb l'ascensor no penso ni per un segon en les criatures que ara són amb l'àvia. Quan soc al carrer tinc ganes de trucar el Federico, però estic perplex.

Què collons els va passar pel cap, a aquella gent? També van intentar segrestar l'Armengol i no els va ser possible? N'he d'esperar una de nova i de més salvatge?

He de trucar al Pérez Navarro. Si no tenim cap informació nova, alguna imatge del cotxe, algun testimoni nou... això serà un punt final i que vagin passant els dies.

24

Don Pedro Aguilar de los Montes, no sabem per quin motiu, dijous no va sortir a córrer. Hi ha un proverbi xinès que diu: «Comença a cavar el pou abans de tenir set». I nosaltres, per sort, havíem fet tots els càlculs i dúiem totes les eines per cavar hores, dies abans, perquè aparegués el primer regalim d'aigua.

—No estarà sol —va pronunciar la Mel amb to d'advertència.

—Ja ho sé. Però teníem previst fer-ho un dimecres, no?

—Sí...

—Doncs no canvia tant...

Vint minuts més tard de l'hora prevista, el cotxe s'havia d'aturar just a la cantonada, i va aturar-se precís com un engranatge. Aquella hora era propícia perquè no hi hagués gent rondant amunt i avall i, efectivament, ni una trista ànima trepitjava el carrer Galileu. Del cotxe havia de baixar el conductor —el guardaespatlles—, i del cotxe va baixar un guardaespatlles alt, amb els cabells curts i un currículum delictiu d'incitació a l'odi i agressions, pots comptar, de nit en qualsevol local.

Després, Don Pedro havia de sortir del vehicle.

I després Don Pedro va sortir del vehicle, tan elegant com detestable.

Vam canviar de posició a l'altra banda del carrer, perquè vam pensar que la carrosseria i el conductor ens dificultarien la punteria.

Una hora abans havíem sortit de casa i el Ford blau conduït per la Linna amagava la Star. Aquesta vegada ens esperarien un carrer més amunt i, després de complir l'objectiu, ens perdríem per la Diagonal. El Faruq amb el Nissan blanc per un costat i la Linna per l'altre. Jo no hi havia caigut, però el Faruq havia anat al taller mecànic per pintar-se el cotxe d'un altre color, de negre a blanc. Semblava una collonada, però ajudava a despistar. Tota prudència és poca.

La gavardina era la mateixa, i la Mel duia el paraigua negre.

Ens vam reunir uns carrers abans, una abraçada de companyonia, poques paraules, l'arma és aquí, i vam entrar per la plaça de la Concòrdia.

A partir d'aquell instant, tot dependria del meu pols.

Ràpidament vaig comprendre que després del primer tret el conductor seria un problema. El factor humà i les seves decisions inesperades sempre poden esguerrar qualsevol pla, per més estricte que sigui. A vegades, quan apareix la set no n'hi ha prou d'haver cavat un pou sencer. Després del tret de gràcia aniríem cap a un carrer de vianants, pujaríem per l'altra banda i fugiríem amb el cotxe. No passaríem per davant de cap sucursal bancària, no hi havia càmeres en tot el recorregut. Gaudiríem d'un temps d'avantatge, el de la sorpresa, el del dubte del guardaespatlles entre si socórrer Don Pedro o perseguir dos individus joves que desapareixen pels carrers. Donàvem per fet que el conductor (alt, cabells curts i currículum delictiu) duria al damunt una arma. Per això ens separaríem.

El cotxe s'havia d'aturar just a la cantonada i s'hi va aturar, precís com un engranatge.

—Estàs preparat? —La veu de la Mel sonava com una amenaça.

Just quan s'acomiadaven, vaig desenfundar la Star. Estaven molt a prop l'un de l'altre. Vaig respirar profundament, vaig disparar i una bala, només una bala, va impactar al cos del conductor, i això va fer girar de sobte l'Aguilar de los Montes. No vaig tenir temps de veure si feia cara de terror o de sorpresa.

Merda! Hòstia puta! Merda!

No m'ho vaig pensar dues vegades; si hagués tingut un instant de pausa, no ho hauria fet; si m'hagués deixat endur per les presses de la Mel, no ho hauria fet; si el record de la mare m'hagués creuat fugaç pel cap, no ho hauria fet; però no em podia permetre tornar a fallar, i el guardaespatlles podia treure la seva pistola en qualsevol moment. En menys de dos segons tornava a disparar, i aquesta vegada sí, la bala va impactar a l'entrecuix del polític. Quan ho vaig intentar per tercera vegada, l'arma se'm va encasquetar.

La Mel em va estirar del braç i em va dir que fotéssim el camp d'allà, que ja estava bé.

—Corre! —m'escridassava.

—Espera un moment.

M'hi vaig acostar. Alguns curiosos havien tret el cap per la finestra. La Mel, immòbil, em mirava uns metres més enllà. Jo em sentia invisible i poderós, però els crits d'auxili del conductor podien esguerrar-ho tot. Li vaig clavar una puntada de peu a la boca.

—Calla, collons!

Havíem d'acabar allò que havíem començat i havíem de fer-ho amb la precisió d'un cirurgià, no podíem deixar tants ferits, eren les engrunes de Hänsel i Gretel per sortir del bosc i tots els camins duien cap a nosaltres. El Faruq, que ens esperava a la cantonada del carrer amb el cotxe, alertada perquè no havia vist sortir a córrer tot sol el polític i havia sentit més d'un tret, va baixar contra direcció i va recollir la Mel.

—Què fots? —em cridava—. Què fots?! Va!

Jo volia veure la cara d'aquell desgraciat. Volia sentir-lo patir, no d'una manera abstracta, no perquè hagués perdut les eleccions o l'haguessin increpat en un acte polític en un barri obrer, no, volia un patiment fet dels immigrants que s'ofeguen al mar mentre els països els giren la cara, un patiment crescut de tot l'odi que havia escampat amb crueltat, volia degustar com la vida s'esvaïa dels seus ulls, com uns segons abans de desaparèixer sentia pànic, un pànic real i esmolat.

Amb la porta del cotxe oberta, la Mel em va agafar del braç perquè hi pugés i poguéssim fotre el camp, però ja era massa tard, el desgraciat intentava escapar-se i la Star ja no donava més de si. Llavors li vaig fotre un cop de puny i, agafant-lo per l'esquena amb ràbia, el vaig fotre dins del cotxe, al seient del darrere.

—Caïm! No ho facis això! Caïm, collons! Mecàgun la puta!

Vaig tancar la porta.

—Arrenca! Marxem!

El Faruq conduïa, la Mel era el copilot i jo tapava la boca d'aquell polític mentre fugíem per la Diagonal.

—I la Linna?

Amb el canvi de pla, i com que no anàvem connectats per telèfon, va tornar cap a casa, com havíem quedat, i va esperar notícies. La imaginava impacient, carregada d'una incertesa que no sabia desxifrar, d'una culpa bruta per tot allò que intuïa en aquelles hores fosques. Segurament va sentir la veu d'algun locutor de ràdio, «Última hora...», o va veure algunes imatges al 3/24 de la policia acordonant la zona, abans de decidir anar-se'n a dormir. Estirada al llit devia donar-hi voltes i més voltes sense trobar cap solució, amb la mirada clavada al sostre, benvingut insomni, esperant un missatge al nostre fòrum, revisant cada dos per tres el correu.

—Però el fill de puta no havia de sortir a córrer? —La pregunta ja no importava.

—Canvi de plans... —vaig respondre fingint seguretat.

—On anem? —El Faruq estava a punt de perdre la calma.

—Jo t'ho aniré indicant.

El cos de Don Pedro seguia mig estirat com un animal moribund, ocupant gran part dels seients del darrere. Li aguantava el cap amb força cap avall perquè no l'aixequés. Cridava, però li tapava la boca. La bèstia anava perdent sang, anava deixant xopa de sang la tapisseria del cotxe. Vaig agafar el telèfon de l'Aguilar, vaig abaixar la finestra i el vaig llançar contra els arbustos pansits al voral de la carretera.

—On collons anem? —va insistir el Faruq.

Li vaig indicar el camí menys transitat per arribar al Pont; carreteres secundàries il·luminades només pels fars dels cotxes. Em tremolaven les cames. L'única persona en qui podia confiar en una situació com aquella era el meu cosí. Pel camí, mentre nosaltres necessitàvem un silenci que ens ajudés a pensar què fer, el moribund de l'Aguilar de los Montes no deixava de preguntar-nos qui érem, què volíem..., i ens deia que tenia diners, una família, fills... «Podem trobar una solució», suplicava.

—No li parleu. No li digueu res.

—Caïm, l'hem cagat! No era això... Havies de deixar-lo allà, hòstia! Ho has emmerdat tot.

—Deixar-lo ferit? —No ho podia acceptar.

—I què? Tot hauria sortit com la vegada anterior. Som imbècils!

—No patiu. Ara només acabarem la feina.

—Si trobem un control policial, estem morts —va dir la Mel.

—No trobarem cap control policial, no passarà res. Confieu, hòstia.

—Què ha passat amb l'arma?

—S'ha encasquetat. És vella.

—Merda, joder! Merda!

El Faruq es va posar a plorar mentre conduïa. Era un plor silenciós, les llàgrimes li lliscaven lentes per les galtes. La Mel tenia els ulls clavats al vidre, absent. La resta del trajecte el vam dedicar a les frases curtes i d'intendència. No passarà res. Confieu, hòstia. Potser van voler creure que tenia raó. Al capdavall, si no hagués errat disparant a l'Armengol dies enrere, el pla hauria estat rodó, i malgrat la poca punteria, la bona previsió ens va servir de refugi per tornar-ho a intentar.

A mesura que ens allunyàvem de Barcelona i l'hemorràgia s'aturava, Don Pedro es va posar a resar.

—Vingui a nosaltres el vostre regne, faci's la vostra voluntat, així en la terra com es fa en el cel...

El que ens faltava.

El Faruq va abaixar una mica les finestres perquè l'aire era irrespirable.

No sabia quanta estona havia passat des que la Mel m'havia preguntat: «Estàs preparat?». Dins del meu cap podia ser una setmana o potser un parell de minuts. El temps s'havia convertit en una massa gelatinosa que es deformava mentre ens engolia la fosca arribant al poble.

Cap de nosaltres no podia contactar amb ningú. No sabia què devia fer l'Ignasi a aquella hora. Tampoc no podíem donar voltes com si res. Quan érem a la rotonda, just a l'entrada del poble, vaig baixar del cotxe i vaig anar a buscar el meu cosí. Vaig tapar-me amb la gavardina perquè duia taques de sang a la camisa i als pantalons.

—Mel, queda't al darrere amb ell. Ho pots fer?

No em va respondre. Va agafar un mocador i li va tapar la boca i els ulls. Don Pedro feia estona que havia deixat de moure's.

Vaig tancar la porta i em vaig fregar les mans amb l'alè, encara càlid. Feia fred, però per dins guspirejava igual que una fúria impetuosa. Tornava a ser a casa. Trepitjava els carrers de la mare, de la meva infantesa i pensava què explicaria a l'Ignasi. Me l'imaginava obrint la porta i fent una cara de sorpresa i d'alegria inconscient. Encara que era ben absurd imaginar res, només quan em veiés tacat de sang i li demanés que agafés el cotxe i que, seguint les paraules del Gudi, ens indiqués una granja, entendria que la nit seria llarga.

25

Trec la Moleskine per fer un repàs de tot el que (no) tinc. A vegades les idees inconnexes s'ajunten i apareixen solucions que tenies al davant. Faig temps esperant el Federico, a la barra del Maitea, un restaurant al carrer Casanovas on em coneixen de fa temps i que vaig descobrir per casualitat. Només de veure'm, si vaig amb presses, el Nico em prepara el pinxo fred del dia i una copa de vi que l'acompanyi.

Torno als informes dels Mossos, el parell de veïns que van veure com s'enduien l'Aguilar de los Montes no aporten noves dades al cas. Algú es va fixar en la matrícula? No. Molt bé, gràcies. És de primer de pàrvuls fixar-se en la matrícula. I les descripcions? Fins i tot es contradiuen. Busco més connexions amb l'atemptat fallit de l'Armengol i m'encerclo tornar a la residència. Em queda pendent. A l'altre lloc, un dentista que té consulta en uns baixos, segons les declaracions, no saben res ni van veure cap activitat diferent dels dies anteriors.

El Pérez Navarro em diu que han començat a descartar línies d'investigació, però que el cas tingui aquest vessant mediàtic complica la recerca de l'agulla en un paller. Té més gent filtrant les imatges de trànsit, buscant el Nissan blanc. M'escriu que m'avisarà tan aviat com ho cregui necessari. No li responc el whatsapp. Necessito oblidar-me del Pedro Aguilar, la seva família i les seves declaracions, necessito oblidar-me de tantes manifestacions i tornar a pensar en mi.

Arriba el Federico, guardo la Moleskine i em fa un petó als llavis. Així, davant de tothom. *Olé*. No m'ho esperava. Em fa il·lusió i al mateix temps vergonya. No som parella. Ens agradem molt, però les mostres d'afecte en públic em col·lapsen. Crec que ell ho ha notat.

—Tens les entrades? —em pregunta mirant-me mentre riu.

—No les he agafades, encara.

—I si no en queden? —diu sorprès.

—És la Filmoteca, segur que hi ha lloc de sobres.

Exacte. A la Filmoteca. Un dia entre setmana. Evidentment que no és una idea meva. Com ens hem de veure! El Federico em va proposar d'anar a veure un cicle de cinema documental amb temàtica mediambiental. Nye. Què havia de dir-li? Mira, no, m'estimo més que ens fotem un parell de gintònics a l'Arena i acabem despullats una altra vegada al llit? Doncs potser sí que havia de dir-li això, però tampoc no volia que es pensés que m'agrada més follar que fer veure que m'interessa el món, i sobretot el món vist per una cineasta austríaca a qui no coneixen ni a casa seva.

Mentre fem cua, li pregunto pel primer dia. Em mira estranyat.

—T'ho esperaves o no?

—El què? —em demana sense gaire interès.

—Que acabaríem a casa meva.

—Al principi... no, però tal com va anar el sopar...

Em dona l'entrada. Fila deu. No goso preguntar-li si són còmodes, els seients. Li pregunto quant dura la pel·lícula. No ho sap, diu. Unes dues hores. Dues hores? Dues hores aguantant per després anar cap a casa? Però quina tortura és aquesta? Dues hores sense poder mirar el mòbil? Verge del Carme, envia'm reforços, fes que es cremi la Filmoteca o que hi hagi un terratrèmol o una trucada importantíssima del Pérez Navarro.

Aleshores, per fugir d'aquests pensaments terribles, torno a la nostra primera nit. Ell tapant-se amb la flassada, jo que volia que es quedés, però fent veure que m'era igual, la respiració accelerada i com amb un fil de veu em va dir: «T'he de dir una cosa».

L'hi demano.

—El primer dia, després de follar, te'n recordes què em vas dir?

—Ui... —fa una pausa intentant recordar les paraules, li reconec el petit gest que fa, té por de delatar-se—. Què vaig dir? Anava molt borratxo.

—Els borratxos diuen sempre la veritat.

—Depèn...

No allargo més el moment.

—Em vas dir que m'havies de dir una cosa.

Aixeca les celles.

—Jo?

—Sí. —Merda. Ara, quan ho he acabat de pronunciar, he semblat una adolescent enamorada i cursi.

—Que t'havia de dir una cosa? Ni idea... potser et volia preguntar...

—Què? —Massa nervi.

—Res, ets molt misteriós i encara no sé de què treballes...

—No dissimulis. Crec que volies dir-me alguna cosa important...

La seva cara no diu res. Entesos.

Ho deixem aquí perquè no vull semblar obsessiu ni ridícul, i sovint una cosa es pot barrejar amb l'altra. Mirem la pel·lícula, faig tots els esforços per no adormir-me; de fet, el meu cap viatja cap al carrer Iradier i sobretot cap a les Corts, cap a la gavardina i el Nissan blanc. De tant en tant em comenta alguna cosa en veu baixa de la pel·lícula i jo faig cara d'«oh, que interessant», de tant en tant m'acarona el clatell. A mi la idea de fotre'ns mà al cine em fot molt més calent que l'opinió d'aquesta especialista sobre els orangutans i el seu estrès posttraumàtic per la pujada de les temperatures.

Quan s'acaba la pel·lícula tornem al món real i als nostres telèfons. Em fixo que el Federico hi està més enganxat que jo. I això, no sé com explicar-ho, m'emprenya. Bé, no m'emprenya, simplement no m'agrada. Si jo tinc un problema, el nano hauria d'anar a un especialista. Mira els missatges, els respon ràpidament, controla que jo no el miri.

A veure si té parella! Primer em fa gràcia, la idea, després penso que pot ser veritat. Hòstia puta! No deu ser d'aquests que estan casats o amb l'home lluny i quan tenen temps es distreuen? No deu tenir una doble vida? La idea em toca els collons, però dissimulo.

—Vols que anem a casa i demanem alguna cosa per sopar?

Sense aixecar els ulls blaus de la pantalla fa que sí amb el cap. Quan deixa estar l'Iphone, torna a ser afable i proper. Puto Federico, em fotràs patir. Anem cap a casa. Tornem a repetir la broma de no fer soroll, no fos cas que ens descobrissin els veïns, però aquesta vegada, quan obrim la porta de l'ascensor, ens trobem la Martina amb xandall i carregada amb la brossa, separada en blau, groc i verd per dur a reciclar. Quan em veu, em saluda molt contenta.

—Com et va l'Iphone?

—De meravella.

Veig que té ganes de parlar, com a mínim, ganes de saber qui és l'home que m'acompanya perquè el mira fixament. Però la comunicació no verbal aquí és importantíssima, i a la segona frase ja tinc la clau al pany. Apa, siau.

Demanem qualsevol cosa per sopar, i abans que arribi el repartidor ja tornem a estar despullats per casa. El Federico té un cos preciós, prim, sense músculs exagerats i se li marquen les costelles. Sopem despullats al llit. Em sento jove. Em fa sentir jove. Quan ja no podem més ens adormim, bé, s'adorm ell, perquè a mi em torna a fer mal l'esquena de l'hòstia que em vaig endur a la plaça de la Concòrdia. Com que no puc dormir, em poso alguna sèrie estúpida de Netflix. Com més estúpida, més aviat m'adormo. Però avui no. Avui sembla que fins a les tantes no cauré rendit.

I, de cop, una trucada. No al meu telèfon. Miro el Federico i dorm com un tronc. M'apropo al seu mòbil. Qui collons pot trucar tan tard? I després la pantalla es torna a il·luminar. Un missatge. Dos. Tres missatges seguits.

Hem de parlar.

És important.

Hem de trobar una solució.

Mecagonlaputa de Déu. Per què no ho havia vist abans? Aquest tio té parella i jo soc un imbècil.

26

—Hòstia, Rafa! Què hi fots, aquí?

No hi havia ni una ànima pels carrers. Fotia un fred de mil dimonis i l'Ignasi anava amb una samarreta bruta. Amb una mà havia obert la porta i amb l'altra sostenia una ampolla de vi negre. El somriure decrèpit el delatava, els ulls mig tancats el delataven, la dificultat d'encadenar cinc paraules seguides sense entrebancar-se amb una síl·laba el delatava.

—No tinc temps per explicar-te res, però necessito la teva ajuda.

No anava prou begut per no entendre, veient el meu posat i el to de veu, que la cosa anava de debò. Va fer una passa enrere i em va mirar com si necessités desxifrar-me.

—Vesteix-te, t'he d'ensenyar una cosa.

La casa estava feta un desastre. Va deixar l'ampolla de vi negre al marbre de la cuina, es va vestir amb el primer jersei —també ple de llànties— que va trobar i no va badar boca. Anava lent, ensopegava amb el desordre. Mirant-lo de dalt a baix no sabia calcular els danys que em suposaria aquella decisió. L'Ignasi era de fiar? Potser era més senzill demanar-li una adreça i deixar-li dormir la mona. Però després tocarien les preguntes i, si ell venia amb nosaltres, la seva boca passava a ser una còmplice més.

—Espera. Has de deixar el mòbil a casa.

—Què?

—Fes-me cas, si us plau. Ho dic per tu. Tens alguna jaqueta o roba de recanvi?

Va agafar uns pantalons i un parell de jerseis més. En tancar la porta, em va mirar, poruc.

—Què has fet, Rafa?

No vaig respondre. Jo havia deixat de sentir fred. Era una nit sense lluna ni temperatura. Se sentien els lladrucs d'alguns gossos. Ens vam dirigir, en silenci, cap al cotxe, a l'entrada del poble. Només de veure de lluny dins del Nissan la silueta de dues persones, l'Ignasi va dibuixar mentalment totes les opcions possibles. I sí, d'entre totes les males jugades, fins i tot les més terribles, aquella era la pitjor, la nostra.

La Mel i el Faruq havien fotut Don Pedro dins del maleter. No, no ens ha vist ningú. Tranquil, Caïm. L'Ignasi em va tornar a mirar sorprès. Li costava trobar la frontera dels seus sentits. Allò era real? O l'alcohol l'havia endormiscat al sofà i ara estava dins d'un somni macabre?

Quan va veure com l'home intentava deslligar-se, gemegant igual que una criatura, entre la roda de recanvi i uns quants paquets, se li va escapar un renec.

No, no anava prou borratxo.

—Mecàgun Déu! És el polític?

Cap resposta.

—Què vols fer? —va preguntar.

—Recordes el Gudi?

Els ulls se li van il·luminar. Aquell borratxo de bar inconscientment ens havia servit la solució en safata. Els altres no sabien de què parlàvem. Tampoc ho vaig voler compartir amb ells. Va seure de copilot i anava indicant al Faruq la direcció cap a una de les seves granges.

—La Star s'ha encasquetat.

Callava. De mica en mica anava prenent consciència d'aquella visita a mitjanit. S'empassava la saliva i mirava la foscor de la carretera.

—La Star s'ha encasquetat —vaig repetir per fer-lo tornar en si.

Ja coneixia la seva resposta: «No ho deus haver fet bé» o «Ves, és vella, què vols?». Suposo que l'adrenalina li havia esborrat tot l'alcohol de la sang i ara els batecs del cor se'ls havia de guardar només per a ell.

Quan ja estàvem a punt d'arribar, va començar a fer preguntes.

—Com ho vols fer? (Tu i jo. Ells es quedaran a fora).

—Baixo jo primer perquè els gossos ja em coneixen. (Entesos. Els nois ens ajudaran a dur-lo fins a la porta i, després, tornaran al cotxe).

—I amb el cotxe, què fareu? Està tacat? (Sí, el netejarem aquesta nit i tornarem cap a Barcelona).

—Jo hi tinc gent treballant, en aquesta granja. (Si pots, digue'ls que aquesta setmana no cal que vinguin, te n'encarregues tu, d'acord?). Collons, Rafa.

Ja els havia dit el meu nom en una de les primeres reunions, però aquella nit en boca del meu cosí sonava molt més real, com si darrere del nom s'hi amagués una biografia que es podia esguerrar en pocs minuts. Vam arribar a la granja. L'Ignasi va baixar del cotxe i va calmar els gossos que bordaven en veure arribar un vehicle intrús.

—Ens ajudeu i després torneu al cotxe, entesos?

—Per què? —va demanar la Mel—. Nosaltres també formem part d'això. Què fareu?

—Us vull estalviar el tràngol. Jo l'he cagat, jo m'he deixat endur per les circumstàncies i ara us he fotut en una situació compromesa, de merda. Però si entrem el fill de puta aquí, no quedarà cos.

El vam treure entre tots quatre. No oposava cap resistència. Duia els pantalons xops de sang i s'havia pixat al damunt. Tremolava de fred i tenia el mocador de la boca brut dels mocs que li rajaven. El vam dur al corral i el vam despullar. L'Ignasi va demanar als nois que cremessin la roba allà mateix. En sentir-ho, Don Pedro es va fotre a bramar.

—No, si us plau, si us plau...

Era una barreja de plor i d'auxili, i l'Ignasi, sense pensar-s'ho dues vegades, li va clavar un cop de puny i va tapar-li de nou la boca.

Mentre llençaven la roba en un bidó i encenien un misto que il·luminava un tros de nit, nosaltres tres (amb Don Pedro i mon cosí) ens endinsàvem cap a la granja, amb aquella fortor dels purins i el grunyir dels porcs.

—Que no dormen?

—No tots a la mateixa hora.

L'Ignasi es va avançar. Va fer lloc entre les bèsties, va buscar un pal on lligar Don Pedro i va revisar què havia passat a la Star.

—Mira, veus? —Em va ensenyar què havia fet malament.

Sense donar-me temps de preparar-me, sense que res semblés important, va apuntar cap a aquell home que es dessagnava.

El tret va ressonar per tota la granja i va despertar els centenars de porcs que dormien. Era molt millor fer-ho així, un tret, sense tortura. No va pronunciar cap paraula, ni tan sols una última oració. La bala va travessar-lo com passen les coses que no tenen importància. El cos va caure a terra i la sang va esquitxar unes quantes bèsties. L'Ignasi va netejar l'arma amb el mocador. Els porcs s'hi van apropar de mica en mica.

—Els tinc molt ben alimentats, Rafa. Trigaran un parell de dies.

—I la bala? —Pensava que era una prova que podia delatar-nos.

—No en quedaran ni els ossos. No en quedarà res.

No l'hi vaig dir, però trobava poètic que una bèstia com aquella acabés els seus dies rodejat de porcs salivant i cruspint-se'l. Cendres a les cendres. Era un cercle que es tancava.

—Pots controlar que no vingui ningú aquesta setmana a la granja?

—Sí. Només he de fer una trucada.

—Vols que em quedi amb tu aquests dies, aquí, al poble?

—No tens feina? No fas classes?

—Sí. Però puc dir que estic malalt.

—No cal aixecar més sospites, no? Tu fes la teva vida. Aquí és més fàcil fer veure que no passa res.

De sobte, l'Ignasi era un paio ponderat. Li vaig donar les gràcies. I aquella sinceritat el va incomodar. Vam sortir a fora, la Mel i el Faruq ens esperaven amb posat seriós al voltant del foc. Mon cosí ens va donar la roba que havia agafat de casa, perquè la Mel i jo anàvem tacats de sang. Vam aprofitar que la flama dins del bidó encara cremava per abocar-hi tota la resta.

—Els porcs se'l menjaran? —Ho va preguntar el Faruq, incrèdula.

Cap de nosaltres no va respondre i així ho va poder entendre.

Ens vam passar un parell d'hores netejant el cotxe. La Mel va demanar a l'Ignasi si tenia aigua oxigenada, les taques de sang marxen, però cal fregar-les fort. El maleter era un camp de batalla. Ens hi vam dedicar a fons, aigua, sabó, lleixiu i al final ens va semblar que dins d'aquell Nissan —ara blanc— no hi havia passat res.

Començava a fer-se de dia, una escalfor benigna inundava el cotxe, érem a més de cent quilòmetres de Barcelona i jo tenia classe a les nou del matí.

27

T'he de dir una cosa, t'he de dir una cosa, t'he de dir una cosa...

Ho va pronunciar sense importància abans d'adormir-nos...

Ara tot pren sentit.

Mecàgun la puta de Déu, quan una frase se't fot al cap i no fa altra cosa que repetir-se ressona com un mantra. M'han picat la curiositat, aquells missatges. No puc veure'n més perquè hauria d'obrir el telèfon i té reconeixement facial. Li acosto als morros ara que dorm? Ho intento. Li moc molt a poc a poc la cara. Res. Merda! Des del primer dia m'havia adonat que el Federico parava massa atenció al mòbil. Però jo també ho faig. I, és clar, suposo que en això consisteix l'empatia. Però ara sí que m'ensumo una bola immensa de mentides. I com que el cas del segrest ha quedat en punt mort, «el voler saber més» em comença a torturar i parlo amb mi mateix.

—L'hi pregunto?

—Què cony li vols preguntar?

—Digue-li la veritat, aquest tio t'agrada. Sigues sincer. Per què hauries de mentir?

—No té cap sentit, la pregunta. Mira, prova-ho: Perdona,

Federico, aquesta nit mentre dormies ha sonat el teu mòbil i he llegit..., he llegit sense voler, eh?, perquè han aparegut a la pantalla uns missatges: «Hem de parlar». «És important». «Hem de trobar una solució». Ho veus?

—Ja...

—I aleshores què collons li dius?

—No ho sé.

—Ets ridícul, Martínez.

I deixo de parlar amb mi mateix, em faig pena. L'edat em porta a la demència. Me'l miro. Encara dorm. És molt guapo, el desgraciat. És un model i fot una olor que m'excita. Què faig?

M'aixeco del llit, surto de l'habitació i dono voltes pensant una idea, alguna cosa, no ho sé... Em prenc un whisky? No. Una part de mi em diu: dorm, collons, no passa res. No és el primer ni el segon home dins d'un armari que et folles. I l'altra part de mi em respon: aquest et fa sentir diferent, oi, cursi? Aquest creus que val la pena. Ho deixo. Me'n torno al llit. Tanco els ulls i dono voltes, però ell res, ell, *nanai*. Miro si el telèfon ha rebut més missatges. L'últim:

Hem de trobar una solució.

I suposo que m'adormo perquè em desperta el Federico, dolç a primera hora del matí, amb un carícia a la cara. Somric i interpreto el paper de l'amant perfecte. Em sento com el Laurence Olivier però més decadent.

El Federico fa com si res, suposo que ha mirat els missatges mentre jo dormia. Actua amb naturalitat. Li pregunto què tal ha dormit. Em diu que de meravella. I em fa un petó als llavis. Fort.

—Ahir a la nit va sonar el teu mòbil mentre dormies.

—Zero important.

—Ah, sí? Ja he vist que tinc una trucada perduda de la meva germana.

La seva germana; un personatge nou en aquesta història, tan nou com inexistent. Una bona excusa, suada, però funciona. Ho has intentat, noi, et felicito, però encara que em sembles l'home més atractiu del puto planeta no et crec. I no et crec perquè ja me n'he trobat uns quants com tu, jo els ensumo i a vegades fins i tot m'hi guanyo la vida. Però tot això no l'hi dic.

—Què fas aquesta nit?

—He quedat. Però si vols podríem fer *algo*.

—No, tranquil, fes. —Sobretot que no intueixi la desesperació, ni l'ansietat ni les ganes de més.

Té pressa. *Red flag*. Ens acomiadem. Quan surt de casa, poso un mica de música. «Estúpidament feliç». D'Els Pets. Sembla una broma. Em sento així. Estúpidament feliç i enganyat, també. Quan el Federico ja no hi és, esmorzo una torrada amb melmelada de préssec —perquè la melmelada de maduixa em sembla una aberració— i un suc de taronja natural. Aleshores em ve una idea al cap, una idea clàssica. Podria seguir-lo, el dia després de follar, després de «ja quedarem», sortir rere seu, o anar a casa seva —o potser allà hi viu amb la dona i els fills— i marxar primer i després esbrinar on va. Com és la seva vida d'home dins d'un armari immens.

Truco al Pérez Navarro. No respon. Li envio un missatge.

No news, good news.

Tinc tot el dia per a mi.

I veig la veïna, la Martina, tota sola, davant de casa mastegant xiclet i jugant amb el mòbil. I ho tinc clar. Mare de Déu! Ho he tingut davant dels ulls tota l'estona.

—Martina! —crido des del balcó de casa—. Martina! —insisteixo perquè la nena rareta està abduïda per la pantalla—. Martina! —Ja m'està escalfant de mala hòstia.

Aixeca el cap i li faig un gest perquè s'acosti.

—Hola, Albert!

—Hola... Escolta, et volia fer una pregunta, pots pujar?

La nena, obedient, puja entusiasmada. L'espero amb la porta oberta i, quan surt de l'ascensor, té un somriure (amb ferros a la boca) d'orella a orella.

—Martina..., si jo et demanés un favor..., un favor informàtic, tu me'l faries...?

—És clar...

—De fet, no vull que sigui un favor, et donaré deu euros. És una cosa de feina.

—De què es tracta?

—Tu podries entrar dins del telèfon d'algú?

—Entrar com?

—Entrar sense contrasenya, per exemple...

—Sí, és clar. És molt fàcil. Però és il·legal.

—Sí... tens raó... Mira..., no els ho he explicat als teus pares, perquè aquestes coses són de mal explicar, però jo soc investigador. I treballo amb la policia. I necessito una mica d'ajuda per a un cas. —Ho acabo de dir i em sento un ésser miserable capaç de tot per saber amb qui es fica al llit el Federico.

La Martina em mira analitzant la situació. Què mires? Ja no sonen Els Pets, ara de fons sento una cançó dels Pixies.

«Where is my Mind?». En aquell moment rebo un missatge del Pérez Navarro.

—Entrar dins d'un mòbil amb o sense contrasenya? *Too easy*. El tens aquí?

—No. Ara no.

—D'acord —diu la nena, que sap que això significa alguna maldat.

—D'acord —repeteixo perquè no hi hagi cap error i per tancar el pacte.

—Però no seran deu euros. Seran cinquanta i ni una paraula als pares.

Quan entres al territori de la merda és molt complicat sortir-ne.

—Tracte fet.

28

No dèiem res.

Ens acostàvem a Barcelona i s'anava fent de dia, però pressentíem que ens engolia la nit. Sentíem les notícies per la ràdio. Els Mossos ho havien filtrat a la premsa i demanaven ajuda a la ciutadania. «El polític ha estat segrestat aquest vespre al seu barri, a les Corts, segons fonts policials...». No ho vam comentar, vaig intentar posar música i tancar els ulls. El Faruq va dir que deixaria el cotxe en un pàrquing durant, com a mínim, un parell de setmanes. Ara tothom busca un Nissan blanc. L'havíem deixat net com una patena, però la ferum de porcs no ens la podíem treure de sobre. Jo tenia classe aquell matí i els alumnes podrien ensumar-me a deu metres de distància.

—Em costarà molt tornar-te a dir Caïm. —La Mel em mirava darrere d'unes ulleres de sol.

—Hauríem d'oblidar tot el que ha passat aquesta nit.

—I explicar-ho a la Linna —va afegir el Faruq mentre conduïa.

No era un comentari banal, al contrari, la Linna era qui menys volia que tot allò passés, qui ens va avisar que seria l'última acció, qui s'havia quedat a casa i esperava les nostres notícies.

—Àlex. —La Mel va pronunciar el seu nom.

—Raquel —va dir també el Faruq.

—Ja sé els vostres noms, no cal que els repetiu. Com més informació entre nosaltres, pitjor.

Ho van fer com un acte de lleialtat. Volien que sabés que no estava tot sol. Arribats en aquell punt les precaucions passaven a un segon terme. Abans de baixar del cotxe vam proposar-nos que faríem una darrera quedada. Per parlar amb la Linna, per compartir les nostres pors i, si calia, per acomiadar-nos.

—Jo crec que hem d'aprofitar el moment. —La Mel ho tenia claríssim—. Caïm, si em necessites, em pots trucar. Té.

Em va donar el seu número de telèfon i vaig fer que sí amb el cap per no entrar en una discussió que no ens duria enlloc. Potser ho va entendre per la cara que vaig fer. No li trucaria mai, no podia deixar més engrunes per convidar la policia que arribés al replà de casa nostra.

Trenta minuts abans d'entrar a l'institut em vaig dutxar a correcuita, vaig comprovar al mòbil que no tenia trucades perdudes ni missatges, i vaig dedicar aquelles presses (dormir era un luxe que ja ni tenia en compte) a rentar-me de dalt a baix, a intentar que aquella pudor que se m'havia colat sota la pell desaparegués per sempre. No ho vaig aconseguir i abans de sortir de casa em vaig ruixar amb colònia. Em mirava al mirall i no em reconeixia.

Les classes van ser lentes. Les cares dels meus alumnes eren quadres abstractes en els quals no podia endevinar cap de les seves emocions.

—Què opines del segrest de l'Aguilar de los Montes?

La mà alçada i la veu de l'Omar eren inconfusibles.

Vaig aconseguir articular un discurs ple de paraules buides, de vaguetats que feien el fet: la llibertat, els drets humans, l'auge de l'extrema dreta, la violència no és la resposta (tot el contrari de les idees que havia insinuat a les primeres classes), però aneu amb compte amb els mitjans de comunicació perquè us faran creure allò que el poder vol que cregueu.

El timbre de l'hora sonava com si fos música celestial.

Els altres professors m'explicaven que els meus alumnes estaven entusiasmats amb els debats que fèiem a classe. M'ho deien en un to de sorpresa. Ho entenc, a mi també em sorprenia.

M'explicaven que els agradava xerrar i discutir sobre un món que no se'l sentien seu, però que tard o d'hora haurien de manegar.

Després d'aquelles vuit hores interminables, vaig tornar a casa per descansar una mica. Volia allunyar-me dels titulars de la televisió i dels comentaris de bar sobre el segrest. Volia construir la meva bombolla i passejar pels carrers aliè al temps. Només vaig poder aclucar els ulls un parell d'hores. Una mala migdiada, a deshora, amb la boca pastosa, i després poc temps per anar a veure la mare. No m'hi vaig atrevir, no m'hi veia amb esma. Vaig trucar-li.

—Avui he tingut una idea, mama.

—Qui és? —La seva veu sonava al fons d'un passadís.

—Soc jo, el Rafa, el teu fill.

—Ah... quina idea has tingut?

—Aquesta setmana anirem a la platja. Oi que en tens ganes?

—Però si és hivern. Si fa fred.

—Ens abrigarem, no pateixis. L'home del temps diu que ve un anticicló i farà uns dies esplèndids, i després anirem a menjar un bon arrosset tu i jo. Què et sembla?

—I l'institut?

—Plego a les dues.

Era una manera de netejar-me la consciència. La resta del dia vaig vagabundejar per casa. Estirat al sofà mirant sèries infectes, de les quals deixava cada capítol a mitges. Pensava en els meus companys, en què pensarien els altres. Abans de sopar vaig trucar a l'Ignasi i, sense dir-nos res, vaig entendre que tot estava en ordre, que s'havia passat tot el dia treballant a la granja, que què tal la mare i l'institut, que no treballés tant i que no m'amoïnés. Un missatge codificat que no deixava espai a cap dubte. Però després del vespre va venir la nit; de fet, la nit havia començat vint-i-quatre hores abans, just quan el Nissan abandonava Barcelona.

Missatge de la Linna, al nostre fòrum.

Caïm, vull parlar amb tu. A soles. Necessito fer-ho.

Li vaig respondre immediatament.

Quan tu vulguis. A l'hora que vulguis.

L'endemà al vespre m'esperava impacient en un banc del parc de l'Espanya Industrial, feia cara de no haver dormit unes quantes nits seguides, un fil de veu, i duia al damunt una llosa de remordiments que no podia carregar.

—Explica'm què ha passat i explica'm què li heu fet.

29

Surto de la dutxa i una trucada.

Enllà del telèfon, la veu del Pérez Navarro sona convincent.

—No sabem segur si és una pista vàlida. És una trucada per telèfon. En tenim moltes de molta gent, però aquesta és insistent. El tio no para. És d'un poble. Ha deixat uns quants missatges, a totes hores, tarda, matí, mitjanit... Sempre és el mateix home, que diu que coneix qui anava dins del Nissan blanc i què van fer amb el Pedro Aguilar de los Montes.

Mentre el comissari em posa al dia, el meu cap sobrevola damunt de la vida secreta del Federico, pendent de què deu fer ara, on deu ser, amb qui parla, què pensa.

—Qui és aquest home?

—És anònim.

—Vaja...

Fem una pausa sospitosa perquè sap que les trucades anònimes només fan perdre el temps.

—Deveu estar ben cardats per seguir aquest fil d'investigació... —dic.

Ell insisteix.

—Truca des d'una cabina d'un poble. El Pont. —Es veu que la meva frase d'abans no l'ha volguda sentir—. L'única cabina que deu quedar allà. I saps què? Mirant les possibles direccions sortint de la Diagonal, perquè és just on li perdem la pista, el Pont podria ser un dels llocs. Tu hi podries anar?

És una pregunta, però en el fons és una ordre.

—Jo? A què? Envia-hi una patrulleta de Mossos d'allà.

—No sabem amb qui hem de parlar, si veuen rondar una patrulla nostra pot complicar les coses, que hi vagis tu a fer de les teves és la millor opció: un bar, xerrar amb un i l'altre, qualsevol penjat del carrer, ja saps del que et parlo...

—Em fots perdre un dia sencer perquè uns adolescents es diverteixen fent veus i trucant des d'una cabina?

Els silencis del Pérez Navarro quan parlem per telèfon sempre tenen una missió, delatar alguna incomoditat, tocar els collons, vaja. Però com que ja fot molts anys que el conec, li aguanto el pols, tu calles, jo també callo. Au, dos idiotes en silenci amb el telèfon a l'orella.

Va, collons!

—Enteeesos —dic cedint, allargant la e i perdent una altra vegada la batalla—. Però hi vaig demà.

—Demà? —Això no entrava en els seus plans.

—Demà a primera hora; avui, impossible.

I com que no té marge per a la negociació, emprenyat com una mona em diu que d'acord, però que el vagi informant de tot a cada moment.

Pengem i torno a tenir tot el dia per a mi, bé, en el fons tot el dia per comptar les hores. Al migdia vaig a comprar a la botiga d'Hugo Boss de la Diagonal, ho faig per distreure'm, perquè passi el temps. Per a mi és un plaer entrar en una botiga i remenar el que sigui, és un cony de ritual que Amazon ens està robant de mica en mica. Surto carregat amb dues bosses.

A la tarda parlo amb la Martina. Hem quedat de la manera següent:

1. A la nit vindré a casa amb el Federico. (Ella no sap qui és el Federico).

2. Quan sigui el moment, t'avisaré. Estigues desperta o posa't una alarma. (Això implica moltes variables per concretar l'hora exacta, però sabent que l'endemà la criatura té institut, intentaré no despertar-la a les tres de la matinada).

3. T'entregaré el telèfon. Quanta estona necessites?

—Depèn —respon com una experta.

—De què depèn?

—De quin model és, de si tinc l'ordinador engegat i a punt.

—Per què no l'has de tenir engegat?

—Perquè els pares podrien descobrir-me, senyor investigador privat.

Que et vacil·li una adolescent és la humiliació més gran que pot experimentar un ésser humà. Callo. Callo perquè li fotria un moc. Callo perquè ella té les de guanyar.

—Una hora?

—Què va! Amb deu minuts faig.

Sobrada. Continuem:

4. Mentre tu tens el telèfon, jo torno a casa. Per si es desperta. No pateixis que ja me les manegaré.

5. M'avises i em passes tota la informació.

—No —em talla tota la retòrica de cop.

—No, què?

—El millor que puc fer és passar tota la informació al meu ordinador, per anar més de pressa, i després te l'envio.

—Molt bé.

—De res.

6. Demà al matí comprovo, tot sol, tota la informació.

—És un pla quasi perfecte —diu la Martina—. Però falta un detall.

Ja hi som.

—Quin?

—Els meus honoraris tenen un plus si hi ha nocturnitat.

La mare que la va parir. M'escuro la gola.

—Quin plus?

—Cinquanta euros més.

—Cent en total?

—Preu d'amiga, Albert.

Li dic que sí. Què hi farem! Me'n podria demanar cent més i també em veuria obligat a dir-li que sí.

Cap al vespre el Federico m'envia un missatge. Diu que té un sopar per Gràcia que potser s'allarga i que no vol venir a casa només a dormir com si fos un hotel.

—No dormiràs —li dic, i faig allò terrible d'afegir una emoticona.

—Ah, no? Si vinc... estaré molt cansat.

Millor. Et fots com una estrella de mar i jo ja posaré els focs artificials. A més, si vens cansat, t'adorms abans i fas que tot llisqui més de pressa. Insisteixo amb un parell de missatges divertits, i ell acaba venint, perquè també ho vol, perquè també en té ganes. Em diu que cap a les dotze arribarà a casa.

I aleshores agafo la jaqueta i me'n vaig a Gràcia a passejar, casualment. Feia temps que no em movia per aquest barri de *pijos* que se senten culpables de ser *pijos* i ho han de dissimular constantment amb una consciència social que no els aguanta dues rentades. A la plaça del Sol hi ha un munt de nanos asseguts a terra tocant la guitarra i bevent cervesa calenta. Les parets estan plenes de pintades: «Tu agafa'm de la mà i cremem junts Barcelona». «Lo imposible solo tarda un poco más». «Un político muerto, un político menos».

Aquí la gent també té ganes de gresca i, després de l'incident de la plaça de la Concòrdia i amb l'estat decrèpit de la meva esquena, per poc que ensumi una mica de rock'n'roll, fotré el camp. Penso: «On podria anar el Federico? Potser és mentida i no ronda per Gràcia, sinó que està al menjador de casa seva amb la seva nòvia demanant un Glovo». Comprovo les terrasses de les principals places. No hi és. Penso que perfectament podria ser dins d'un bar i aleshores *bye bye*, però em passa pel cap d'anar als Verdi a mirar quines pel·lícules fan i a quina hora acaben la sessió.

Entra i surt gent. *Pijos*. *Pijos*.

M'assec a la barra del bar Canigó a prendre una copa de vi i xafardejar les converses, que evidentment són del Barça, de la independència (sí, encara hi ha gent que en parla) i del segrest de l'Aguilar de los Montes. La gent, d'entrada, és imbècil, en això suposo que tots hi estarem d'acord, però a vegades són imbècils amb molta imaginació. A la taula del costat diuen que això és una conxorxa de l'extrema dreta, un atac de falsa bandera per fer-se les víctimes. M'acabo la copa de vi i pujo per Verdi. I, senyores i senyors, el Federico baixa xino-xano, parlant molt concentrat amb un home d'uns quaranta anys. En l'home no m'hi fixo gaire perquè ràpidament intento amagar-me en una cantonada.

Pensa, Martínez, pensa...

Deixo que m'avancin. El Federico porta una jaqueta verda, el puc diferenciar sense problemes. I, a una certa distància, amb una mica de prudència, començo a caminar en la mateixa direcció. Semblen amics per la manera que tenen de relacionar-se. Però, hòstia, avui dia tothom és tan amic de tothom que és impossible saber si se'n van al llit o no. No passaria res si estigués *liat* amb un altre tio, no en faríem un *drama queen*. S'asseuen en una terrassa, dos gintònics. Parlar, parlar i parlar. Voldria sentir què diuen, però llavors m'hi hauria d'apropar massa i quedaria al descobert.

Torno cap a casa. Torno amb la sensació de ser un pobre desgraciat, com si visqués dins d'una pel·li, una comèdia romàtica i jo fos el dolent que perd. Sento que pujo una altra vegada a un avió en direcció a Londres intentant fugir de mi mateix sense èxit. Follar està bé, però follar per follar a vegades cansa.

Ja és tard i no tinc ganes de sopar. La Martina m'escriu un missatge dient que ho té tot a punt. I, puntual, arriba el Federico amb els seus llavis lluents i la cara cansada. Deixa la bossa al sofà, m'abraça, els ulls li brillen perquè ha begut algun gintònic de més. Fa olor d'alcohol i m'agrada. Em desitja, però està cansat i soc jo qui pren la incitativa i el despullo sense presses, però sense cap pausa. Caiem abans d'arribar al llit i ens agafa un atac de riure. Li faig petons, molts. Pel coll. I en aquell moment sembla que digui alguna paraula. M'aturo.

—Què has dit?

—Res.

A veure si amb la defensa baixa se li escapa tota la veritat. Res. Hi tornem. Ara amb més ganes, perquè estic encès. Ràbia, nervis i desig tot barrejat en una batedora. Follem. No necessito ni mitja pastilleta de sildenafil. Follem bastant bé, molt bé, però follar per follar a vegades cansa.

Quan s'adorm, activo tot el pla que he perpetrat minuciós gràcies a l'avorriment (i a una estranya gelosia que no sé explicar). Aviso la nena. Tinc el seu mòbil a les mans. Vinga, fot-li que és de Reus. Sento que porto l'arma d'un crim. Cap missatge. Dorm, guapo, dorm. Avanço a les palpentes pel pis, obro la porta de casa i la Martina m'espera al replà de l'escala. Porta uns pantalons de pijama d'aneguets i una samarreta de l'Ariana Grande.

—El tens? —em pregunta amb veu baixa.

L'hi ensenyo. Somriu. Entra a casa seva i comencen els deu minuts més llargs de la història de la humanitat. Deu minuts. Penso en el no-res, en els límits de l'univers, en la vida i la mort, en el puto poble que he d'anar a visitar demà, en què pensaria de mi l'Armengol o el Pérez Navarro si em veiessin així. El Federico, dorm? Sí que dorm. Està despert? No. Notarà alguna cosa? No notarà res. Ja han passat els deu minuts. I onze i tretze... Que passa alguna cosa? Va, collons, va...

Torna a aparèixer la nena.

—Ja tinc tota la informació al meu ordinador. M'ha costat una mica.

—Què vols dir?

—Que era un telèfon com manipulat. No era el d'un usuari normal.

Vull saber-ne més detalls, però com que ja anem tard no em puc entretenir.

—Envia-m'ho tot.

I, potser per la descàrrega d'adrenalina, un cop al llit m'adormo de seguida, com un soc, al costat del Federico. L'abraço perquè la seva olor m'excita, em remou una part de l'instint que creia apagada. Rebo el correu electrònic de la Martina amb un link perquè pugui mirar tota la informació que necessito, però quan el rebo estic dormint i quan em desperto he de dissimular perquè m'acomiado del Federico, que com sempre marxa amb presses. Torrada i un cafè. I quan estic tot sol, aleshores sí, abans d'anar-me'n al poble de merda, faig el primer descobriment.

No es diu Federico. Es diu Àlex.

Àlex.

Encantat.

30

—Explica'm què ha passat i explica'm què li heu fet.

Era la primera vegada que el posat de la Linna semblava perillós. Les notícies, alguns comentaris que devia haver sentit, la por, segurament, l'havien anat arraconant cap un carrer sense sortida. Sé el que és tenir el monstre dels remordiments als peus del llit contemplant com dorms cada matinada, despertant-te amb un xiuxiueig a cau d'orella. I tot el cos de la Linna vessava de remordiments.

Vaig explicar-l'hi tot, fil per randa, no podia enganyar-la. Si de sobte canviava la versió, corria el perill que la Mel o el Faruq un dia expliquessin un detall contradictori i encara seria pitjor. Amb la veritat per davant, com un camió a tota velocitat que s'ho emporta tot. En saber la part de la granja va seure al banc. Es va tapar la boca amb una mà i va resistir les ganes de plorar. Vaig intentar que entrés en raó. Quina diferència hi havia entre una cosa i l'altra? Un tret en sortir de casa o un tret en una granja de porcs? Tots els camins porten a Roma.

—No m'ho puc creure... —van ser les seves primeres paraules.

—Susanna... —Quan vaig pronunciar el seu nom per calmar-la, va tenir consciència que allò no era una realitat virtual, un món paral·lel d'una pantalla, sinó la vida feta de vísceres i crits i males decisions—. Susanna..., no ha de passar res..., no trobaran el cos.

—I el cotxe?

—Net i tancat en un pàrquing.

—Però com ha pogut passar...

—Ens hem donat un temps —vaig continuar amb un to de pau—. No tenim noves reunions a la vista. Volem que passin els dies, que aquesta voràgine desaparegui i trobar-nos i xerrar. Jo soc partidari de deixar-ho.

—Quan vaig veure que el pla no anava com havíem previst, m'havia imaginat coses, però això... —No va acabar la frase.

Ens vam quedar una bona estona en silenci mirant la gent anar i venir del parc. Li van caure un parell de llàgrimes que va córrer a eixugar-se. No volia que la veiés d'aquesta manera. Després em va dir que necessitava un temps per pensar.

—Per pensar què?

—No ho sé. Estic en xoc. Ho pots entendre?

—Sí.

Vaig voler abraçar-la, però no ho vaig fer. Em va donar la mà i va allunyar-se del parc caminant a poc a poc, podia intuir com dins del seu cap esclatava una tempesta, una allau d'imatges, de dubtes, i els remordiments, és clar, l'arrel de totes les tempestes, els remordiments cavalcant a pas de llop amb les armes esmolades.

Aquella mateixa nit vaig escriure pel nostre fòrum a la Mel i el Faruq explicant (estalviant-me certs aspectes) que ja havia parlat amb la Linna, i que estava trasbalsada, i que havíem de tenir cura i molta calma. La Mel insistia que ara era un bon moment per continuar amb les accions («No podem deixar-ho en el punt més àlgid»), que havíem de fer-ne una cada trimestre perquè no quedés en l'oblit. Va posar d'exemple el fiasco del Tsunami Democràtic, aquella farsa que només va servir per entretenir uns quants universitaris, perquè se saltessin classes i trepitgessin una tarda l'aeroport.

L'endemà, després de les classes, vaig anar a buscar la mare a la residència.

L'ocupació policial de la zona havia baixat dràsticament. Hi havia un cotxe dels Mossos a la cantonada on havíem disparat amb una parella a dins, suposo que fent una vigilància de rutina. Res més.

A la recepció, vaig saludar l'Adela, vam intercanviar les mateixes frases insípides i incolores de sempre. El temps, què tal la mare, com ha menjat, com ha dormit, alguna incidència? Les infermeres sempre són dones optimistes plenes d'una vitalitat que mou el món. Vam comentar que que fort el segrest del polític, jo només l'escoltava.

—Aquesta gent no paren de generar odi, que si els immigrants, que si els gais..., és normal que a un sonat se li giri el cap..., no vull dir que em sembli bé, eh...?, no m'ho sembla, però, és clar, ho entenc...

Aquí tens el sonat, Adela.

La mare estava com sempre. Asseguda a la seva cadira, al jardí, amb un llibre de la Virginia Woolf a les mans. Què llegeixes? Va fer una ganyota de «ves, no ho sé».

—Avui et porto una sorpresa, mama.

—Ah, sí? —Va obrir els ulls.

—Anirem a un lloc molt especial. —Vaig dubtar si dir-l'hi o no, perquè no s'atabalés.

—On?

—Sorpresa!

Em va somriure, la vaig ajudar a aixecar-se i, a poc a poc,

vam sortir de la residència sota l'atenta mirada de les altres àvies. L'Adela li va dir que quina sort que tenia que avui la treien a passejar i que faria un dia ben maco.

La vaig pujar al cotxe i vaig preparar una llista de reproducció de cançons que sabia que li encantaven. Què hauria pensat el pare jove, si hagués vist tants anys després, el seu fill amb quaranta i la seva dona, una velleta, cantant a cor que vols «Ma vie» d'Alain Barrière?

—Aquesta cançó la ballàvem sempre amb ton pare.

Vam anar a Sitges, vam deixar la cadira de rodes al maleter, damunt de la Star coberta amb la gavardina, i vam caminar junts. La mare es va voler descalçar i trepitjar la sorra i remullar-se els peus.

—Però si som a l'hivern, mare, agafaràs el que no tens.
—Quan els papers s'han intercanviat...

—Mira, tinc una edat que si ja no faig el que vull i puc, no faig res.

Lúcida.

Vam estar una bona estona a la platja. Hi feia una brisa suau que mig ens despentinava, però també lluïa un sol benigne que ens obligava a treure'ns les jaquetes. «S'hi està bé, aquí». Ens hi hauríem quedat, hipnotitzats, contemplant les onades. Després vam fer un vermut. Un bon aperitiu, d'aquells que tant agraden a la mare. I a la tarda vam tornar a la residència.

Aquelles hores a Sitges em van servir de treva per posar en ordre les idees, per apaivagar aquella borratxera d'adrenalina que havíem viscut les últimes setmanes entre l'Armengol i l'Aguilar de los Montes.

Va ser un dia feliç. I aquests dies no sovintegen.

—Això era el que necessitava, Rafa —em va dir la mare abans d'acomiadar-nos a la residència.

Li vaig fer un petó i no vaig donar més importància a aquella frase.

Però, malgrat que el dia havia transcorregut en un mar calmós, l'Ignasi —feia un parell de dies que no ens comunicàvem— em va trucar. Vaig veure la trucada perduda sortint de la residència amb el cotxe i vaig esperar a arribar a casa per parlar tranquil·lament.

Tornava a anar begut.

—Cosineeeeeet!

—Ignasi... Ignasi em sents?

—És clar que et sento. Com vols que no et senti...

—Què dius? Tot bé?

—Toooooot bé. *La rata ha sido comida por los cerdos.*

—...

—Què et sembla el codi secret?

—Has begut?

No era una pregunta, era una advertència. Sentia la pudor d'alcohol a l'altra banda de l'auricular.

—Passo moltes hores aquí, tot sol, cosineeeeet. Saps qui et troba molt a faltar?

—No...

—El Gudi. Gudi, vine cap aquí.

Vaig sentir les passes que s'acostaven, soroll de gent en un bar. «Qui és?», deia la veu.

—Mon cosí!

—Homeeeeee —va fer el Gudi. En aquell poble era tradició allargar les vocals—. L'amic dels porcs.

—Com? —Potser no ho havia entès bé.

—Res, que vens al poble i no dius res, tu.

—Em pots passar l'Ignasi, si us plau? —El desgraciat era una bomba de rellotgeria.

—Ton cosí no s'aguanta dret. Sempre que beu més del compte es fot a cantar i a explicar històries.

—Ah, sí...? I quines històries explica?

—Diu que t'agrada molt anar a la granja, que t'estimes molt els porcs.

L'Ignasi li va prendre el telèfon.

—Calla, imbècil!

Em vaig posar nerviós.

—Què li has dit, Ignasi? Què collons has dit?

—Res, t'ho juro que res.

La conversa es va tallar. Vaig trucar-li, però em saltava el contestador. Al cap de pocs minuts em va escriure que no tenia bateria. Que no patís per res. I, és clar, aquella nit van venir a veure'm al peu del llit les pors, que s'assemblen molt als remordiments, però funcionen d'una manera més eficaç.

31

El primer que detecto quan m'apropo al Pont és la pudor de purins que foten les granges. Per a mi les ciutats són balnearis, oasis enmig del desert, m'agrada més el ciment que la terra, els semàfors que els arbres i la contaminació dels tubs d'escapament que l'aire gelat del camp que sempre em refreda i em fot caure el moc.

Durant tot el viatge, com dies enrere, el meu cap ha anat perpetrant idees sobre el Federico *aka* Àlex. Malparit. Per què no m'ha dit el seu nom real? No deu ser un puto assassí en sèrie? Ja sé que al Grindr n'hi ha que fan servir noms que no són el seu, però arribats al punt de follar com hem follat a casa meva, no ho sé... Què vol amagar?

Hi ha alguna cosa en l'engany que m'excita i em decep alhora.

Tinc tota la informació al correu electrònic, però necessito temps i calma per posar-m'hi. Em dic a mi mateix: «Acaba de fer la ronda al collons de poble, dina alguna cosa en un restaurant que tingui bones *reviews* a Tripadvisor, i després a *lo* teu».

Entro al poble per una rotonda, deixo el cotxe aparcat als afores, a un parell de carrers de l'església, perquè no vull que em vegin rondar per allà. Me'ls conec una mica, els pobles: la seva idiosincràsia, aquells vells que et miren intentant saber de quina casa ets o qui són els teus pares... Facis el que facis, als seus ulls ets un foraster.

Recapitulo amb la Moleskine. La gavardina. Més d'un participant. El calibre de les bales. He sentit la gravació de les trucades. La veu és d'un home, no se'n pot precisar l'edat, entre trenta i seixanta anys. Acostuma a repetir les mateixes frases, a vegades és evident que va borratxo. Sempre són trucades de mitja tarda, vespre, nit. El Pérez Navarro em demana que em quedi al poble fins a la nit i que vagi controlant la cabina telefònica.

Ara em tocarà buscar una pensió, també.

Al poble hi ha dos bars. Un de tancat i l'altre queda lluny del centre. Hi vaig i m'assec en una taula. El cambrer —aquest no té cara de dir-se Antonio—, més simpàtic del compte, em pregunta que què faig. M'invento que soc excursionista. Per la cara que fot, no em compra la versió, però m'és igual. No m'ho pregunta de males, és pura curiositat.

Demano una cervesa i unes olives. Miro l'anar i venir de la gent. Tenen la televisió posada. Entren jubilats. Algun pagès que ve de treballar al camp. Res interessant. Aprofito per enviar un missatge al Federico *aka* Àlex.

> Aquesta nit no seré a Barcelona. Però tinc moltes ganes de veure't. Ahir em va semblar que parlaves en somnis i deies unes parides...

Penso que un missatge així demanarà una resposta evident, «Què deia?» o «Què dec haver somiat?». Però l'Àlex *aka* Federico no respon. De fet, em deixa el missatge amb un *check*. Potser l'ha vist a la pantalla, però no ha entrat a la conversa.

L'altre missatge és per a la Martina *aka* Julian Assange.

Moltes gràcies per tota la feina d'ahir.

Apareix en línia i em respon.

D res. Has mirat el q hi ha al mail?

No.

Fliparàs.

Per què?

Hi ha molt de material. Ara no puc parlar,
a la nit t'envio coses.

Tinc la mosca al nas. Obro el correu i començo a mirar què hi ha. Àlex. Correus vinculats al món mediambiental. Tot OK. Això és com em va dir. Feina. Fotos amb amics. Apareixen també les converses de WhatsApp. Per uns moments dubto. Això és un delicte com una casa de pagès. Però, a hores d'ara, ja ningú dubta que el fi justifica els mitjans, i tot quedarà entre la nena i jo, no ho puc fer de cap altra manera. A més, un cop oberta aquella porta de matinada amb el telèfon a les mans... ara ja tot fa baixada. Reviso les converses de whats. Tot OK. Desenes i desenes de converses. Buf, hi he de dedicar moltes hores. Però em fixo sobretot en les últimes. Mare. Pare. Grups d'amics. Dedueixo que algun follamic. I un parell de missatges a un tal Rafa (entre parèntesis, Caïm). No tinc temps per a més perquè al bar comencen a servir dinars, hi ha massa soroll i m'aixeco, dono les gràcies, i el puta del cambrer em diu:

—Per ser que ha vingut a fer excursions, porta tot el matí amb el cul a la cadira...

Somric i deixo dos euros sobre la taula.

Passejo pel poble. Busco el lloc on hi ha la cabina telefònica, mig morta de fàstic, plena de merda i de pintades. Vaig cap a l'altre bar a dinar. Adeu al meu somni de buscar alguna cosa decent a Tripadvisor. Em creuo amb dos o tres gats, alguns s'amaguen sota els motors dels cotxes i altres prenen el sol entremig dels testos que decoren les finestres de les cases. Miro el menú. Tanco els ulls i penso «Sigues fort, cony».

—Antonio, quan puguis, pren-me nota.

Dino peus de porc perquè hem vingut a jugar. Els peus de porc són tan suculents com el vi de la casa un genocidi per al paladar. Cor fort i avall. Per postres, tiramisú, a la carta hi diu que és casolà, però a la carta ja hi pot posar el parenostre, perquè això és més industrial que una cadena de muntatge. Després, un cigaló de Baileys. I aleshores veig que entra per la porta un paio ros amb els ulls blaus i barba de dos dies. Saluda a tothom i tothom el saluda. És d'aquelles estrelles del firmament que tenen tots els pobles. «El ros del Pont», penso.

—Què posarem avui, Gudi? —demana el cambrer.

—Conyac.

Em mira i jo també el miro. No sé ben bé què li passa pel cap, perquè m'aguanta la mirada un parell de segons. És incòmode. Si volgués follar, no ho seria gens, però sospito que l'últim que vol és que follem. Aprofito el contacte visual per saludar-lo i intento parlar amb ell. No servirà de res, però així guanyaré temps fins que es faci fosc i em posi a controlar la cabina telefònica.

32

Durant uns quants dies la realitat ens va deixar en pau. Vam tornar a dins de les nostres coves: classes amb adolescents i residència. El món tornava a ser un lloc inhòspit que no tenia res a veure amb nosaltres. Les setmanes passaven lentes, com un so esmorteït. Els titulars sobre el segrest de Don Pedro ja no eren a les portades dels diaris, ni a les converses dels amics ni als davantals de la ràdio. No rebia les trucades funambulistes de l'Ignasi entre el que es podia dir i el secret que ens precipitava cap al buit.

Dormia més tranquil, però pensava molt en la Linna. Cada matí, en llevar-me, un cop d'ull als missatges. No rebre notícies era enterrar-ho tot una mica més, guanyar temps, mantenir la distància.

Va ser la Mel qui ens va escriure pel fòrum i ens va proposar de veure'ns. Jo no ho veia clar, tornar-nos a mirar les cares era confrontar-nos. Ulls amb ulls. La Linna, per exemple, no s'havia creuat més amb ells.

Vam repetir el ritual de sempre, al mateix lloc, a la mateixa hora, sense mòbils.

El fred havia escombrat els partits de bàsquet i les parelles petonejant-se. El Faruq ens esperava fumant compulsivament.

La Linna s'havia aprimat uns quants quilos, i la Mel era qui duia la veu cantant.

—Us semblarà una tonteria això que us diré... però us he trobat a faltar. Hem viscut coses molt fortes. I ara no ens podem fer enrere.

Els altres escoltàvem.

—Abans de res, com esteu? —La pregunta del Faruq responia al posat de la Linna.

Ningú no va respondre. Esperàvem les paraules dels altres, però la Linna no podia més.

—Jo ho deixo —va dir—. Necessitava explicar-vos-ho. —La veu li tremolava—. Hi he pensat, hi he pensat molt..., i després del segrest del fill de puta aquell, ho vaig veure clar..., no estic feta per a això. Em vaig quedar tota sola, bloquejada mirant les notícies..., esperant que vosaltres... —Va empassar-se la saliva—. Cada nit, abans d'anar a dormir, ploro... No tinc ganes de fer res, he demanat la baixa a la feina, i estic tot el dia tancada a casa. Em fa por la gent. Vull dormir i despertar-me d'aquí cinc anys.

Eren uns arguments indestructibles. Contra aquella dona angoixada de mirada soferta, contra aquella desesperació, no hi havia cap recepta possible. Anava medicada, segur. Li vaig agafar la mà, gèlida i suada, només podíem escoltar-la i intentar que se sentís còmoda. Si la Linna continuava d'aquella manera, podia ser un volcà, podia començar a xerrar més del compte, podia fer una bogeria, contra nosaltres o contra ella.

L'entusiasme de la Mel va passar a un segon terme. La Linna ens va prometre que no diria res, perquè ella formava part de nosaltres. Ara bé, si volíem seguir per aquell camí, necessitava baixar del tren i fer la seva. Sabia tan bé com nosaltres que una decisió com aquella podia fer florir la desconfiança dins del grup, i si d'aquí a un temps... i si s'ho repensa... i si no ho veu clar... i si...

—T'entenem, Linna. Només faltaria. Ets una més, i hem fet coses importants. —El Faruq va ser cordial.

—Gràcies.

—Evidentment que voldríem que continuessis, junts som millors, però això ara no va de nosaltres, va del fet que tu et sentis bé.

—Una retirada a temps sempre és una victòria —va afegir la Mel.

—Continuareu fent accions? —Ja s'havia tret un pes de sobre.

—D'això, pel bé de tots, pel teu i pel nostre, és millor que no en parlem. —Vaig equivocar-me amb aquella resposta. Hauríem d'haver mentit. «No, Linna, ho deixarem. Hem après la lliçó». Tres o quatre frases de penediment i tot tancat.

Ens vam abraçar i ens vam acomiadar en aquell parc de l'Espanya Industrial negre i desangelat mentre la resta del grup fingia un paper que no ens servia.

—Adeu, Linna. Si mai necessites res, ja saps on som.

Quan la tornaríem a veure? Potser mai més. Algú que estava lligat a la nostra existència d'una manera irremeiable es convertia de cop i volta en una persona estranya, que, passats els anys, no reconeixeríem pel carrer.

Un cop tastes el plaer de la justícia és molt complicat fer una passa enrere. Un cop tastes el poder suprem de la venjança, s'obre una petita escletxa, una drecera lluminosa, que et condueix cap a un altre nom i a un altre motiu.

Noms, no ens en faltaven, i motius encara menys.

Aquella nit, amb escafandre dins del *darkweb* vam crear

un fòrum nou. Només nosaltres tres, i ens vam citar l'endemà al vespre a la plaça de la Concòrdia perquè hi havia una manifestació a favor del polític i una en contra. La Mel, que d'entrada havia dit que vindria, es va fer enrere.

> Em sap molt de greu. Ja sabeu que m'encanta estar a primera línia de la trinxera, però la feina, amics, no m'ho he pogut muntar.

Jo m'ho hauria repensat si no arriba a ser pel Faruq, que en tenia moltes ganes. Deia que calia plantar cara al feixisme. I mira que el sofà em cridava, però era veritat que els del TFN havien crescut molt, i fins i tot en algunes enquestes guanyaven més presència a les cambres legislatives.

—Acabaran governant, i aleshores haurem begut oli.

Des del parc, el nostre punt de trobada, vam anar a la plaça de la Concòrdia. El Faruq assegurava que era una ocasió perfecta per sentir el bategar del carrer, els crits de la gent, la seva fúria, i tenia tota la raó, però la situació es va tensar quan van arribar els gossos d'esquadra. Sirenes i furgons de la Brimo, aquells nois tan simpàtics que fan cara d'ensumar merda i cocaïna a parts iguals. Els manifestants en contra del feixisme van començar a cridar al ritme de les proclames de carrer:

«Aquesta és la seva democràcia».

«Aquests d'aquí són uns feixistes».

«Demà mireu sota el cotxe».

Pancartes i convocatòries des de les xarxes socials. Evidentment que els del TFN també tenien la seva claca. I fins i tot una cordialitat i companyonia amb els gossos d'esquadra que només encenia més els ànims de tothom.

—Mira'ls com se saluden. Uns treballen i els altres estan d'excedència!

Els ànims estaven a flor de pell. Es podia respirar una agitació perillosa en l'aire. Algú va llançar una ampolla de vidre, els crits eren cada vegada més forts, i pels carrers adjacents a la plaça, més gossos i més manifestants.

Era qüestió de fixar-s'hi amb detall. Sempre funcionen de la mateixa manera. La síndrome de Sherwood. Un concepte d'estratègia policial que han sabut desenvolupar a les mil meravelles. Detencions poc justificades —un pobre nano que gravava amb el telèfon se'l van endur perquè sí—, batudes preventives abans de les protestes per violentar l'estat d'ànim dels manifestants. Es tracta d'escalfar l'ambient, no d'apaivagar-lo. Són molt bons fent la seva feina. Ells no actuen d'entrada perquè els danys produïts siguin socialment inacceptables —un panegíric per tots els contenidors del món o pels vidres de les sucursals del Banc de Catalunya—, i, aleshores, quan reben l'ordre, els gossos ataquen directament contra els manifestants sense donar-los temps a la fugida i esclata l'enfrontament físic.

I aleshores, seguint el manual d'instruccions, van començar les càrregues.

Empentes, cops de porra, batalla campal.

El Faruq es va encarar amb un gos que van rodejar entre tres o quatre manifestants. Si no haguessin arribat reforços, amb les porres l'haurien esmicolada allà mateix, davant de les escales de l'església. Jo el vaig frenar i me la vaig endur d'allà.

—Què fots, Caïm?

—No n'has tingut prou? Si acabem a comissaria, si ens requisen els telèfons, si deixem que s'acostin a nosaltres, els donarem avantatge.

Li vaig llegir als ulls una lluita entre el desig i la raó. El cos li demanava saltar damunt de la policia, i jo, com un germà gran, l'estirava del braç per fugir d'allà al més ràpid possible.

33

—Tu no ets d'aquí, oi? —em pregunta l'home que beu un conyac a la barra.

—Com ho has sabut? Faig cara d'estranger?

Somriu.

—Aquí som quatre gats i ens coneixem tots.

És veritat que només d'entrar ha saludat a tothom i tothom l'ha saludat.

—I si es pot saber..., què hi has vingut a fer, aquí? —Té una veu aspra i la pregunta, encara que ho sembli, no és incòmoda.

Caram. Directe, sense floritures.

—Treballo per a una pàgina web que fa excursions i m'han enviat a buscar rutes noves, restaurants, fer fotografies guapes, preparar-ho tot per als clients... —Com que ja m'ho han preguntat abans a l'altre bar del poble, he tingut prou temps per construir una història amb cara i ulls.

—Excursions, aquí? Collons, si no hi ha res a fotre. Els pixapins us inventeu unes coses...

Ara em toca somriure a mi.

—És que l'avorriment és molt dur —dic intentant acostar postures—. Per cert, soc l'Albert.

—Jo, el Xavier, però tothom em coneix com a Gudi. —I fa un soroll desagradable amb la gola; si fóssim enmig del carrer juraria que ara ve un gargall, però no, au, cap endins, bon profit.

—Gudi? —La pregunta és obligada. Ell, ja ho sap. I ara ve una explicació més o menys divertida.

—Sí, Gudi.

Fi.

Com que la conversa no acaba d'arrencar, demano un conyac per a mi i amb un gest li ofereixo si en vol un altre, que convido jo. En Gudi, sorprès, fa que sí amb el cap. És clar que sí, home, un dia és un dia. Potser li estic arreglant la tarda. Entra i surt força gent. El perfil, com a l'altre bar, és molt obvi: homes, blancs, feréstecs, d'uns cinquanta anys cap amunt, als quals la paraula «homosexual» els sona com un país de l'Àsia que no saben ubicar en un mapa.

Al fons, just abans d'entrar als lavabos, hi ha una d'aquelles màquines escurabutxaques silenciades per llei que il·luminen de colors la part més fosca del local. El Gudi té les ungles llargues, algunes són negres, i una moneda de dos euros entre els dits que fa anar d'una banda a l'altra i li serveix, fins i tot, si ho necessita, per picar a la taula i donar més consistència als seus arguments.

—I què, la vida al Pont? Avorrida?

—Pots comptar.

Ja tenim les copes de conyac plenes.

—Aquí no sortim gaire als diaris. Millor. Si sabessin el que fotem, ens engarjolarien a tots. Oi que sí, Gustavo?

Busca la complicitat del cambrer que és a dins fent feina i no el sent.

—Sou una banda organitzada? —No sé per què faig una pregunta tan estúpida.

—Tota la Gàl·lia està ocupada pels romans... Tota? No! Una aldea poblada per irreductibles gals resisteix encara a l'invasor. —I fot un glop llarg al conyac.

—Hi ha alguna cosa que no m'he de perdre? Ho dic pels clients..., alguna curiositat que valgui la pena per penjar al blog?

El Gudi em mira sense entendre què collons és un blog i a què ve tanta pregunta. Noto com durant uns segons, dins del seu cervell malmès per l'alcohol, la feina al camp i no sé quantes drogues més apareix el dubte de «què collons vol aquest de Can Fanga». Però calla. Calla perquè el conyac l'he pagat jo.

—No, ja pots penjar al teu bloc de pisos que aquí no matem a ningú. Matem porcs i fem llonganisses. Molt bones. Això ho saben, els de la teva pàgina web?

Trec la Moleskine i m'ho apunto. Ja veurem després com organitzo noms i dubtes amb una llonganissa allà al mig. El Gudi en demana un altre i fa el gest de pagar *lo* seu. Li dic que no, que convido jo, i aquestes ganes d'agradar exagerades em juguen a la contra. Canvia de cara. Se sent inspeccionat, o, com a mínim, entenc —perquè porto molts anys i és la meva feina— que tanta pregunta l'incomoda.

S'acomiada, em dona la mà i desapareix.

La puta que em va parir! Ara que anàvem bé, ara que semblava que tenia el borratxo del poble content i a punt de cantar, li ve un atac de consciència i fot el camp. Només volia tres o quatre parides per entretenir el Pérez Navarro i continuar amb la veritat sobre la vida oculta del Federico *aka* Àlex.

Torno al correu de la Martina. Però, a banda dels whats, tots enfilats en boniques carpetetes, em costa molt desxifrar la resta de la informació. Em sento de l'edat de pedra, *buenas noches y saludos cordiales*, el llenguatge informàtic és com una partitura musical impossible als ulls dels simples mortals com jo.

La Martina m'ha dit que m'escriuria, no m'escriu. M'emprenya molt la poca fiabilitat de les noves generacions. Ei, sí, ja ens trucarem. Entesos, tot és mentida, però en qüestions de feina, no. No li vull tornar a escriure perquè no es pensi que visc pendent d'ella.

Me'n vaig cap a l'hostal. Em dutxo per fer temps i, mentrestant, m'escriu el Pérez Navarro per saber com va tot. Li dic que poca cosa. Que estaré al cas, ara que comença a fer-se de nit, de saber qui va a trucar a una cabina telefònica l'any 2021.

I comença a ploure. Gràcies per participar. Hòstia, plou a bots i barrals. No és una pluja tímida. És una pluja diferent de la de Barcelona. És una pluja que no sap ploure, que fa mal, que repica contra les finestres i enfanga els carrers, i de lluny es dibuixen llamps amenaçant més tempesta. Mecàgum tot, com odio la pluja. Demano un paraigua a la noia de la recepció i fa una cara com si li hagués demanat un diamant de no sé quants quirats.

Tranquil·la, noia, que te'l torno aquesta nit.

Surto al carrer i em refugio en un porxo que té bona visibilitat. Espero. Potser, amb la pluja, avui el nostre informador secret no s'atrevirà a desafiar els elements de la naturalesa, però em quedo allà, palplantat com un estaquirot, fotent el pena, espiant a ningú. No hi ha cap imbècil, lògicament, caminant a aquelles hores. De fet, si algú em veiés, el sospitós seria jo.

Ningú sabrà qui ets, em dic a mi mateix.

Rebo, per fi, un correu de la Martina. Em penedeixo de tots els mals que li he desitjat per la seva manca de puntualitat. Em diu que ha estat molt enfeinada amb els deures i que m'ha fet un resum perquè ho pugui entendre. El que em faltava, una traductora de tretze anys.

Ls converses de whats, ya te las
has pogut mirar. Hi ha molta cosa,
això tot teu, ok?

Té perfils falsos en 1 quantes reds
socials. Face, Insta, Twitter, Tik Tok.

L'historial del navegador
és tope raro. Només busca
coses sobre els atemptats
akets de BCN. El banquer,
el polític, i coses de manis.

I he buscat k més hi havia d.això
i té 1 app k connecta amb el
darkweb, k és 1 cosa molt xunga.

És 1 terrorista aket tio?

Aixeco els ulls de la pantalla sense entendre res. El Federico m'ha estat investigant? Com sap que estic fotut en el cas de l'Armengol i el TFN? El vaig conèixer abans, oi? No ho recordo exactament. És tot una puta casualitat? Potser també ha entrat dins del meu telèfon i en el fons m'està enviant un missatge? Tu m'investigues, jo també. Estic perdut. I no sé què fer. El cor se'm fot a mil. Tinc l'enemic a casa? Qui és l'Àlex?

Sense tenir temps perquè el meu cap trobi una sortida, per absurda que sigui, mentre la pluja continua acarnissant-se contra les teulades i el ciment, apareix un home, tot sol, no du paraigua, vesteix amb una capelina vermella i camina molt a poc a poc. Es recolza en una paret. Va xop de cap a peus. Collons. Està marejat o va molt torrat. Encara estic flipant pel mail de la Martina, però no el puc deixar escapar. L'home despenja el telèfon, sembla que hi foti una moneda i comença a parlar. Des del meu lloc, no puc sentir què diu.

34

Després de la batalla campal de la plaça de la Concòrdia, calma. Després del foc apareixen les cendres. Cadascú a casa seva i els gossos d'esquadra a casa de tothom. Les darreres setmanes la nostra existència s'havia convertit en una d'aquelles màquines dels hospitals que controlen els batecs del cor. Una línia verda i plana en una pantalla.

L'eco d'aquells dies em ressonava sovint quan era tot sol a casa. Vaig desintoxicar-me de la televisió i del Twitter. Pensava en la Linna, és clar, què estaria fent, amb qui parlaria i si mai tindria la temptació de xerrar més del compte. De tant en tant trucava a l'Ignasi, i el seu to jovial, de no m'afecta mai res, s'havia convertit en una veu reposada. Necessitava parlar amb ell una bona estona per avançar-me a una possible fuita. I, enmig d'aquest desgavell, vaig tornar a les meves classes, a la meravellosa rutina de l'anar fent. Mai no les havia abandonat, però mentre el meu cos s'asseia a la cadira, la resta de mi fugia ben lluny d'allà. Els alumnes es preparaven per a la selectivitat sense perdre la capacitat de fer preguntes incòmodes. Era bonic veure'ls sortir de l'ou, imaginar què sentirien en trepitjar la universitat o un cicle formatiu. Els dies que em sentia més lluny de la ferum dels porcs i de les bales, abandonava de sobte el temari i els llegia poemes o fragments de pensadors que creia que algun dia recordarien.

Assumiràs la veu d'un poble
i serà la veu del teu poble,
i seràs, per a sempre, poble,
i patiràs i esperaràs,
i aniràs sempre entre la pols,
et seguirà una polseguera.

—Aquest poema és de Vicent Andrés Estellés. Qui és el poble? Quina és la veu que cal assumir?

Em miraven i callaven; ja me'l coneixia, aquell silenci.

—Qui vol comentar-lo?

L'Estel aixecava la mà i començava el debat entre la idea de *polis* vs. *oikos*. Nosaltres i ells.

—Quina responsabilitat tenim cap a aquesta societat? Parlo d'una responsabilitat real, concreta. Et parlo a tu, alumne de la tercera fila que mires el mòbil. Manuel, sisplau, fes el favor de guardar-lo, gràcies. Penseu que la majoria dels èxits socials s'han construït a partir de renúncies i esforços que avui potser serien inassumibles. Fins i tot amb consciència i sang. La jornada de vuit hores, per exemple. El sufragi universal. Us imagineu viure avui amb aquesta mateixa tecnologia, amb l'esperança de vida de què gaudim, en una societat on les dones no poguessin votar?

Sonava el timbre, ells continuaven discutint —amb més o menys entusiasme— mentre carregaven les motxilles i jo fugia a casa. Havia desistit de les passejades pel *darkweb* per tornar al perfil fals d'Instagram i observar com era la vida de la Sílvia, la meva ex. Quan passaven setmanes senceres sense contemplar-la, per a mi deixava d'existir d'una manera categòrica, però repassant les fotografies, els paisatges, els plats, els llocs on havia dormit, els seus amics —que detestava—, m'adonava que li configuraven una existència que cada vegada s'assemblava menys a la meva.

Potser va ser l'avorriment, la ressaca que ve després de la descàrrega d'adrenalina —hi ha un vers de Baudelaire que assegura que som un oasi d'horror enmig d'un desert d'avorriment—, potser va ser una pena crepuscular de les nits llargues d'hivern, no ho sé, no acostumava a posar-me tan melancòlic, però quan em vaig asseure a la tassa del vàter amb l'ordinador a la falda, vaig recordar aquell plaer de la venjança i vaig tornar a citar els nois (sense la Linna) al parc de l'Espanya Industrial.

La Mel no va trigar ni cinc minuts a respondre:

Pensava que no hi tornaria mai. Ja era hora.

No tenia res al cap, res previst. Potser recuperar la primera llista de totes, en què ens vam marcar els objectius. Polítics, banquers, jutges... O potser no, només seure i compartir com havíem passat els dies. Amb això ja en tenia prou. De fet, tenia ganes de veure'ls, sense més. Sentir-me acompanyat, fer teràpia.

Tant el Faruq com la Mel estaven convençuts que no podíem deixar-ho. Ens vam abraçar, com el darrer dia, però aquesta vegada amb una barreja d'eufòria i seguretat.

—No poden amb nosaltres!

—T'has aprimat, eh, *cabrón*?

—Són tan imbècils que quatre aficionats podem capgirar-ho tot.

—No porteu els mòbils, oi?

—Per qui ens prens, Caïm?

Procurava calmar-los.

Parlaven amb una contundència que no tenia res a veure amb el posat prudent que feien quan hi havia la Linna. Estaven convençuts que, malgrat els errors (*mea culpa*) de l'últim cop, fèiem bé les coses i això ens donava una seguretat que calia aprofitar.

L'alegria desmesurada sempre és el primer pas per cometre un error.

La Mel, com l'altra vegada amb l'Aguilar de los Montes, duia una carpeta amb el nom de Jesús Palacios. Ell avançava feina. Reconec que, d'entrada, aquelles dues paraules no significaven res per a mi.

—Jesús Palacios —va repetir la Mel per explicar-nos-ho d'una manera diàfana—. És el jutge que va absoldre els nanos aquells que van drogar i violar dues noies en una discoteca. Sabeu de quin cas parlo?

Tots dos vam fer que sí amb el cap.

—Eren sis tios. El jutge va dir que no s'havia pogut provar que la droga que els havien posat a les copes hagués sortit d'ells. Va dir que les imatges gravades des dels telèfons mòbils d'elles evidenciaven que era un acte consentit. Noies amb lesions al coll, a la vagina i traumes. Per a mi no hi ha cap dubte.

Potser hauríem d'haver començat per aquest.

Dins la carpeta hi havia l'adreça.

Ens vam prometre que ho rumiaríem una mica més. Queien quatre gotes que embrutaven sense mullar. Com sempre, amb el fred, les cançons i els balls llatinoamericans havien desaparegut.

—La setmana que ve decidim i, si ho veiem clar, engeguem una altra vegada el dispositiu. —El Faruq es va encendre un cigarret i va insinuar la possibilitat d'una quarta persona.

—Sabeu alguna cosa de la Linna?

No.

—Ens aniria bé per al cotxe tenir algú més, per a l'organització i la logística.

Però tant la Mel com jo no ho vèiem clar. Havíem obert una escletxa i això ens feia més vulnerables. Més gent (em venia al cap mon cosí), més possibilitats per al desastre. Ens vam posar d'acord. Tot d'una, marxant del parc de l'Espanya Industrial amb un nou objectiu, em sentia ple, carregat d'una força sobrehumana. Semblava que tot tornava al seu lloc, que fidelment assumia la veu de tot un poble.

I, aleshores, de cop i volta va canviar tot.

Vaig arribar a casa amb la idea de navegar per internet i contemplar l'historial del Jesús Palacios; aquestes coses m'ajuden a tenir la consciència tranquil·la. Però abans vaig comprovar els missatges del mòbil.

Tenia tres trucades perdudes de la residència de la mare.

I a l'altra banda del telèfon, la veu neutra de l'Adela, la infermera. I deixar-ho tot i córrer. I no comprendre bé les paraules. I m'ho pots repetir? I pensar que l'última frase que em va dir la mare va ser: «Això era el que necessitava, Rafa». I no m'ho crec. I cridar. I buscar les claus de casa. I buscar les claus del cotxe. I anar corrents cap a la residència. I un altre semàfor en vermell. I les preguntes. Quan? Aquesta tarda. Què ha passat? S'ha trobat malament i s'ha estirat a fer la migdiada. I què més? I ja està. I què més? I ja està. I què més?

35

Compto els segons. No arriba a un minut. Què deu dir en tan poc temps?

Necessita recolzar-se a la cabina, si no... home begut a l'aigua!

Ha fet una trucada i després ha penjat. Ha tornat a fer una altra trucada i després ha penjat. La segona encara ha estat més curta que la primera. Però tot plegat és molt esperpèntic. No ha posat cap moneda. És com si ho fes veure. Mecàgum la puta del dimoni. Això em fot en alerta. Es gira i mira al seu voltant. Tranquil, nano, que estàs tot sol. Repenja l'esquena contra la paret de la cabina per agafar forces. Miro a una banda i a l'altra del carrer. Ningú. La pluja no cedeix ni una mica, no. Collons, que bé que estaria ara mateix a caseta amb el Grindr geolocalitzant-me tres o quatre tios d'ulls blaus i pectorals formosos. Doncs no. Aquí, al Pont, resistint l'aiguat pel Pérez Navarro, jo que li havia demanat deixar-ho durant un temps...

L'home abandona la cabina. Costa veure'l sota l'aiguat, dedueixo que es dirigeix en direcció contrària d'on ha vingut. Com que és un poble molt petit, recordo les distàncies i les ubicacions. A prop d'aquí hi ha el primer bar, el del matí.

Surto del porxo i el començo a seguir. A una certa distància. Prudent. Si es girés, em descobriria. Els carrers són estrets i costeruts. Ja no hi ha porxos on refugiar-se. S'atura davant d'un portal i hi entra. Entesos. Això és casa seva. Tinc una adreça.

Missatge al Pérez Navarro.

Carrer de Sant Joan número 10.
Digue'm qui viu aquí.
Necessitaré reforços. Ja!

M'allunyo d'allà mentre espero la resposta. No tinc temps de rebre res perquè el paio torna a sortir. Tot i que va ben torrat, camina més de pressa que abans, fent esses. Intento seguir-lo, però ell es coneix el camí i jo estic tot sol. Ha tombat en una cantonada i l'he perdut. Merda! Hòstia santa! L'he perdut. Em foto vell. Aquestes coses abans no em passaven.

Intento, per intuïció, continuar per un carrer que fa baixada. Juraria que era per aquí. L'aigua que les clavegueres no poden engolir omple el terra de bassals. Aleshores noto una mà darrere, a l'espatlla. Em giro i un cop de puny em tomba.

—Hòstia!

M'aixeco amb esforç, però el tio ara m'agafa del coll i em du cap a la paret. No és el Gudi, però malgrat la caputxa i la capelina li reconec la cara. És un dels homes que ha entrat i sortit del bar aquest matí, algú que em deu haver observat.

—Què fots? Per què em segueixes? —El seu to és una barreja d'amenaça i de pànic.

—Eh?

—Que per què collons em segueixes? —Més fort.

—Així és com doneu la benvinguda a qui vol portar turisme al poble? —Vull relaxar la situació. No me'n surto.

—No em toquis els collons. No m'ho facis repetir. Què fots rondant pel poble tot el dia?

Em mira fixament als ulls. Li reconec la ràbia i la desesperació. Sigui el que sigui, aquest home amaga alguna cosa, potser no té res a veure amb l'Aguilar de los Montes, però li ensumo una por exagerada. El tinc a un pam de la cara, l'alè li fot pudor d'alcohol i a mi em comença a rajar sang del nas.

—Em vols robar?

—Robar? —Em desconcerta—. Eh? No... no, au va.

Em deixa d'agafar pel coll. Es calma. Però encara em té acorralat contra la paret. Si m'hi enfronto tinc les de perdre. És alt i corpulent. Té les mans grosses. Respiro accelerat, necessito que arribin reforços, contactar amb el Pérez Navarro, fotre el camp. Però, com que veig que m'hi jugo la integritat física, intento defensar-me atacant.

—Soc policia. De paisà. —Les mentides no acostumen a dur mai res bo, ni per a la supervivència.

—Policia? —El seu terror s'accentua—. I què vols?

—Potser que siguis tu, a partir d'ara, qui respongui les preguntes.

Calla. Contraataco amb una xuleria que em pot costar cara. Noto el reguerol de sang que em surt del nas fins als llavis i me l'eixugo amb la màniga de la camisa.

—A qui trucaves?

Torna a callar. Hi insisteixo.

—A la cabina. A qui trucaves?

—A ningú. —No gosa mirar-me als ulls.

—És fàcil rastrejar les trucades i més des d'una cabina com aquesta. Pots respondre ara o pots esperar que arribin els meus companys i et vinguin a buscar a casa teva, al carrer Sant Joan.

Cada informació és una amenaça que el fot més tens. És un ratolí tancat dins d'una gàbia i jo, una serp que me l'acabaré cruspint. Trec el mòbil, xop d'aigua, per trucar als reforços, però no respon ningú. Fills de puta! I ens dirigim cap a un porxo.

—Et vull prendre declaració.

—A mi? Per què?

—Perquè has agredit un agent de policia, et sembla poc?

—Pensava que em volies robar, ja t'ho he dit —es defensa amb un to molt més poruc.

Veu que miro el mòbil. Veu que hi escric alguna cosa. Encara no he rebut cap missatge del Pérez Navarro. Però li envio la meva geolocalització perquè pugui saber en cada moment on soc. Després d'això, al paio se li gira el cervell, em pren l'Iphone de les mans i el llença a terra.

—Què fots?

—Què collons saps? —em pregunta amb una mirada dilatada per l'alcohol i altres substàncies.

M'ajupo per recollir l'Iphone i aleshores em clava una empenta que em fa caure a terra un altre cop, ara ja amb la roba bruta de fang. No tinc temps de res, que el fill de puta trepitja la pantalla del mòbil i torno a acomiadar-me'n per segona vegada en pocs dies. Ara mateix el telèfon i l'hòstia que el va parir me la bufa, vull fotre el camp al més de pressa possible, tornar a l'hostal o agafar directament el cotxe. L'home veu com intento aixecar-me i salta damunt meu. Si fes una nit tranquil·la, els crits alertarien els veïns, però la pluja no s'atura, repica contra els cotxes i ofega qualsevol so, i el meu cos repica contra el terra amb tanta força que sento un crec a les costelles:

—Hòstia! Ah! AAAAAAAAAH! —crido.

El paio està cada vegada més nerviós. Nervis i alcohol barrejats, què pot sortir malament?

—Per què collons has hagut de venir, eh? —em crida amb els ulls encesos i la boca disparada—. Per què collons no has parat de fer preguntes tot el puto dia aquí i allà? Per què?! Digues!

No dic res perquè penso que una costella em perforarà el pulmó i d'aquí uns minuts començaré a treure sang per la boca (literalment).

—Què foto? Què foto? —repeteix movent-se neguitós—. Què collons he de fotre?

Camina com un robot amunt i avall. Miro al carrer: cap vianant, cap auxili.

Veig com el cervell li va a mil per hora. Busca una solució, les neurones se li connecten d'una manera prodigiosa per trobar una sortida que no encerta. Tinc temps. Va, Martínez. No vull perdre la calma. M'arrossego pel terra, vaig cap al telèfon, però abans d'arribar-hi el xuta ben lluny.

—No sé qui ets, tio. Tot això és un malentès. —Li suplico clemència.

—Calla, hòstia, calla!

M'aixeca, li passo el braç per damunt de l'espatlla i refem el camí. No sé què collons vol fer amb mi. Però tinc por. Em costa caminar. Quan sembla que la pluja s'ha d'aturar, hi torna amb més mala llet. Em fan molt mal les costelles. No puc respirar i a estones em marejo. Arribem a casa seva i hi entrem, i, com que no m'aguanto dret, em fa seure en una cadira.

Quasi no tinc forces, però ho intento per última vegada.

—Escolta'm, això és una bogeria. L'estàs cagant i ho saps.

No sé qui ets, no sé el teu nom, no sé res de tu… Jo només he vingut a fer unes preguntes i adeu… No t'equivoquis, tio.

Em mira. M'escolta. Hi torno.

—I ara què? Què fotràs? No pots fer res…

Té la mirada contrariada. S'empassa saliva, es treu la capelina vermella i surt de l'habitació. Una treva. No passa res. Silenci.

Sento que parla amb algú per telèfon. Les seves paraules no m'arriben.

Tanco els ulls. És un dolor tan intens que em desmaio.

36

Assegut a l'habitació de la mare, a la residència, entre l'anar i venir atrafegat de les infermeres, mentre feia temps esperant que un metge formalitzés el tràmit, vaig enviar un missatge a la Mel, que dies enrere m'havia ofert el seu número. Sabia que no havia de fer-ho, però la mort a vegades t'empeny cap a un altre lloc. Aquelles hores són ben estranyes. Ja sense vida, al llindar del no-res, empresonat per la burocràcia d'un metge desconegut que vindrà i sense conèixer-te et dirà que la mare no ha patit. I un silenci de derrota, com si aquell final no deixés ningú satisfet.

L'Adela em va dur un got d'aigua i jo em vaig quedar vetllant el cos de la mare, ja fred. Encara no havia avisat familiars ni amics. Vaig repassar mentalment a qui trucar. Però retenia el moment, perquè, si no ho explicava, creia que encara no havia passat, com si el secret fos guaridor. El primer missatge va ser de l'Àlex que em deia pel meu nom i que si necessitava res, el que fos, podia comptar amb ell. Se'm feia estrany pensar en la Mel i dir-li Àlex.

Plorava mentre li escrivia.

Esborra-ho tot, sisplau.

No et preocupis.

No serviria de res.

Les vint-i-quatre hores que van venir després formen part d'una boira que no em deixava veure-hi clar. Abans d'anar a dormir vaig repassar les fotografies que guardava a l'Iphone, fins i tot l'algoritme del telèfon em va preparar un vídeo amb música i els millors moments... i em vaig descarregar totes les seves notes de veu.

Sentia sorolls per casa. Vaig tenir un malson que no recordo, una trucada perduda del pare (molt jove). Només em va quedar la impressió d'un neguit que no sabia descriure, la suor amarant els llençols. Avançava a les palpentes pel pis sense creure encara que aquell vespre havia vist per primer cop la mare morta.

L'Adela em va ajudar amb els tràmits i la tria del taüt, el recordatori, les flors i les cançons per al tanatori. «Ma vie», d'Alain Barrière. Va venir la Sílvia i em va fer companyia. Es va quedar al meu costat, deixant la feina i els retrets per a ocasions més convingudes. Va ser ella qui es va ocupar d'avisar els amics comuns i gent a la qual a mi em feia molta mandra trucar. De mica en mica, el telèfon se'm va omplir de whatsapps de condol. Paraules repetides i buides que no valen res, però s'agraeixen.

Ja al tanatori, va arribar l'Ignasi i em va abraçar amb una força descomunal. Plorava com una criatura i el seu plor em va emocionar.

—No m'ho fotis, això, Ignasi, que plorarem tots dos...

—Calla, imbècil.

I em va donar un mocador de paper.

No vaig entendre, llavors, els seus nervis a flor de pell, la seva vulnerabilitat. Li tremolaven les mans i la veu. Aquell plor em va confondre, la pena es barrejava amb la culpabilitat. Li vaig agrair que vingués, li vaig agrair la seva manera de fer-me companyia. I suposo que no va trobar el moment per dir-me el que m'havia de confessar fins que vam tancar el nínxol de la mare al cementiri.

La cerimònia va seguir el protocol establert. Parenostre. Sermons preconfigurats, només cal canviar el nom i desar tots els canvis, abraçades amb coneguts i saludats i anècdotes inventades d'una biografia que ens fem a mida per creure que el que hem viscut val molt més la pena.

Quan mor un vell, la desolació és compartida —donar un cop d'ull al futur sempre és arriscat—, però ningú no s'atreveix amb la injustícia. Néixer, créixer, decebre's i morir. L'ordre natural. A l'última fila de l'església hi havia l'Àlex. És cert que li vaig escriure un missatge d'auxili en un moment de debilitat, però llavors la seva presència allà m'incomodava. Era un intrús que havia saltat de la pantalla a un món real molt més complex i delator.

Vaig intentar parlar-hi poc. Agrair-li el gest i marcar la distància, i, quan ja estàvem sols al cementiri, van venir les paraules, l'espasa de Dàmocles, de l'Ignasi.

—No puc, Rafa. És terrible.

Les trucades dels primers dies, en els quals creia que tot podia saltar pels aires, no tenien ni aquest to de derrota ni de penediment.

—Estigues tranquil. Explica'm què passa.

—El cos ha desaparegut. —Parlava molt a poc a poc—. Els porcs s'han cruspit fins i tot els ossos. Allò que ens va explicar el fill de puta del Gudi va anar de conya.

—I quin és el problema?

—El problema soc jo. No estic bé, Rafa.

—A veure..., estàs nerviós... com ens ha passat a tots. La situació ens ha superat, però no has fet cap bestiesa, oi?

El silenci va ser esmolat i vaig repetir la pregunta.

—Oi, Ignasi?

—He patit molta pressió.

—I?

—Ho sento, de debò. Algun vespre al bar, després de tres o quatre copes, potser he parlat més del compte.

—Potser? —Feia cara d'incredulitat, però ja ho sospitava.

—No ho recordo, exactament...

—Collons, Ignasi! T'ho vaig dir! Hòstia puta!

—Ja ho sé, després he intentat arreglar-ho. Dir que era una broma, no ho sé, explicar altres històries sense cap ni peus... Però tinc molta por.

—Por de què?

—Por que algú pugui parlar.

—Algú més que tu.

Va callar. Jo volia noms.

—Vols dir el Gudi?

Ràpidament va fer que no amb el cap.

—Aqueeest no dirà reees —va quequejar.

—I doncs?

—No ho sé... Fa dies que venen patrulles de mossos i fan la ronda pel poble. Entren al bar, demanen..., pregunten parides..., no ho sé... Abans no passava mai. I des de fa un temps ronden..., potser només són imaginacions meves..., però et vull ser sincer, després de la mort de la Teresa, després de tot el que hem passat, no vull mentir-te, Rafa, tinc por. Alguna cosa no va bé.

Aquella conversa no ens duia enlloc. Tot allò m'ho explicava per saber què havíem de fer. El seu plural em va ofendre. Ell havia obert la boca, ell havia de grapar-se-la. Li vaig demanar que continués amb total naturalitat, que si canviava de rutines, aixecaria sospites.

—Vigila amb l'alcohol, fes-ho per tots nosaltres, si no vols que acabem a Lledoners.

Es va treure un pes de sobre. Un pes compartit. Un maldecap més per a mi.

—Ignasi, no hi ha cos. Tu mateix ho has dit. No hi ha delicte. No hi ha roba tacada, la vam cremar. No hi ha empremtes. Ningú no sap que vam anar a la granja. Tot això que expliques, no existeix. Encara que algú confessés alguna cosa, no ho podria demostrar. Els altres ho negaríem. Jo vaig ser a casa tota aquella nit. El meu telèfon no es va moure de casa. Si no poden trobar cap rastre del cadàver, com vols que ens puguin inculpar?

Semblava més tranquil. Va marxar cap al poble i quan hi va arribar em va escriure un missatge donant-me les gràcies.

Pel meu cantó, quan vaig tornar a casa, a la tauleta de nit hi tenia els anells de la mare i tot d'andròmines seves escampades en caixes de mudança pel terra del passadís. Els objectes conservaven la seva olor. Aquella setmana no aniria a classe, dedicaria el temps a ordenar totes aquelles rampoines. De matinada vaig respondre un correu al fòrum del Faruq i la Mel. Allà encara continuava sent la Mel. Vaig patir un instant de feblesa. Li vaig enviar un missatge al mòbil.

Hem de parlar.
És important.
Hem de trobar una solució.

Ho volia deixar.

No em veia amb forces per preparar res. És cert que en la darrera trobada havíem parlat del Jesús Palacios, però, de sobte, tot havia perdut sentit. Sí, Jesús Palacios, l'extrema dreta amb toga. Les sentències més vergonyoses que havia llegit. Intentava posar-me en el lloc del Faruq, però jo tenia el cap en una altra banda, amb altres problemes, i no podia centrar-me. El món se'm representava a través d'un tel. M'era absolutament igual el jutge, la gent, els meus alumnes, la Sílvia... Se m'ajuntava l'ombra allargassada de l'Ignasi i les seves pors i el buit de fer la paperassa, donar les gràcies a la residència...

Entenia la vehemència dels meus companys. El Faruq, que no sabia què m'havia passat, va insistir més. Però havien de respectar —com havíem fet abans per altres motius amb la Linna— la meva dissidència.

Ara no.

Ara no.

Ara, era el telèfon sonant a les tres de la matinada amb la veu agitada de l'Ignasi.

—Pots venir al Pont?

—Ara?

—Sí.

—A fer què?

—Les coses s'han complicat més. Intenta portar algú dels teus, necessitarem ajuda.

Va penjar. Silenci al pis i l'espectre de la mare enllà de la finestra. No vaig tornar-li la trucada. Vaig escriure a l'Àlex. Només a ell. Que ara tornava a ser la Mel. I em va respondre just quan jo ja estava a punt de sortir per la porta.

—Saps què hi anem a fer?

—No. A solucionar-ho tot d'una vegada per totes.

Aniríem amb el meu cotxe.

La Star seguia al maleter coberta per la gavardina.

37

Ensumo una pudor molt forta d'alcohol que se'm fica pel nas i no sé d'on ve. Tinc ganes de vomitar. Obro els ulls, on soc?, qui soc? Ho veig tot borrós, transito entre la vigília i el no-res. He mort i soc a l'infern? Rodejat de gent desconeguda que m'han lligat de mans en una cadira i tinc un ganivet clavat a la costella? És això el que passa un cop has mort? Tanta merda per acabar així? Caguntot! No hi ha una posta de sol, ni hotels de luxe, ni llits giratoris, ni orgies continues? No existeixen els bons restaurants després de la mort?

Intento parlar, però no puc. Un altre home que no reconec em torna a passar un mocador xop d'alcohol per sota el nas. Una veu que m'és familiar diu que això em despertarà un moment, però que no servirà de res.

—Quina hora és? —No sé per què ho pregunto.

—Què? —Se m'acosta l'home que havia perseguit—. Va, collons, que no tenim gaire temps. Digue'ns tot el que saps.

I jo, pobre de mi, no sé res. No tinc un ganivet clavat a la costella, és el mal que em fot des de la caiguda, mentre intentava escapar-me. A fora hi ha silenci, com si hagués deixat de ploure. Amb els ulls borrosos intento situar els individus que tinc davant.

I aleshores sí que em sembla que estic mort o fent un viatge astral dels collons, o en un somni pervers que ho barreja tot, perquè davant meu hi ha el Federico, sí, el Federico, el meu Federico *aka* Àlex, l'home més guapo de Barcelona, el mateix que em va escriure pel Grindr, el que m'ha despullat, m'ha morrejat i amb qui he follat a casa meva com si a tots dos ens hi anés la vida. És ell? O tinc una al·lucinació?

—Federico? —Ho dic en veu baixa.

Els altres dos el miren. Ell assenteix.

Aleshores s'apropa a mi i s'ajup per dir-me alguna cosa, però parlo jo primer.

—Estic mort?

—Què? Eh... no estàs mort, Albert.

No me l'acabo de creure.

—Què hi fots, aquí? —La pregunta és estúpida, però necessito la resposta.

Somriu, fals.

—Això t'ho hauria de preguntar jo a tu. —M'eixuga la suor de la cara i em dona un ibuprofèn per al dolor. Bec una mica d'aigua. Però està distant, és un altre home, com si per fi li haguessin caigut totes les màscares, o aquesta només fos una altra de les seves personalitats—. Necessito..., bé, necessitem que ens ajudis, Albert.

No entenc de què em parla.

—Això s'ha complicat molt més del que nosaltres volíem. —Procura ser amable amb el to—. Hem de trobar una solució.

—Una solució, de què, Federico?

—Àlex. No cal que em tornis a dir Federico. Em pots dir Àlex.

Et diré com em surti de la fava, imbècil. Ja ho sabia, que

no era el teu nom real, però se'm fa impossible ubicar la teva cara amb un altre nom, tros d'imbècil. Dins del meu cap encara puc ser eloqüent, imbècil dels collons. Me'l miro constatant la puta mentida que m'ha colat des del principi. Els altres dos homes estan impacients. Sembla que no tindran el mateix to amable i que volen anar més per feina. Entesos. Li fan un gest, parlen entre ells, no puc sentir què diuen i és l'Alex *aka* el-tros-de-mentider-més-gran-que-he-conegut qui se m'apropa de nou.

—Albert... no tenim gaire temps. Quant fa que m'investigues?

—Jo? Però què collons dius?

S'enfada i canvia de tema.

—Necessitem que ens diguis tot el que saps, tot el que sap la policia.

—La policia no en sap res.

—T'ho demano bé perquè ho hem de fer per les bones.

—Per les bones?

—Sí.

No me'l crec.

—I després què?

—Després et deixarem anar.

—Em deixareu anar al mateix lloc que l'Aguilar de los Montes? Espero que tingueu millor punteria.

Ja ho sé que no és un bon moment per a la ironia, però ves... a vegades ho portes gravat a la genètica i les paraules surten soles.

—Com? —pregunta el desgraciat que duia la capelina vermella—. Què has dit?

Callo, però em clava un altre cop de puny.

—És molt senzill: parles, ho solucionem i et deixem marxar. O bé: calles i ho haurem de fer per les males.

—Fa estona que he avisat la policia. No trigaran a venir. Tenen l'adreça de la casa.

L'acabo de cagar. Merda! Hòstia! Soc burro! Soc un idiota de mides descomunals! Es tractava d'entretenir-los, de retenir-los aquí, de fer que perdessin el temps fins que el Pérez Navarro arribés amb un parell de patrulles, o amb la Brimo sencera o amb l'exèrcit, la Legión i la cabra, i final de la funció, teló, aplaudiments i moltes gràcies. Tenia la puta adreça enviada per whats. El rellotge jugava a favor meu. Soc idiota. M'ho mereixo. Saber que he fallat m'horroritza, intento dir alguna bajanada, despistar-los, cantar una cançó, recitar un poema, però saben que la frase bona era la primera.

«Tenen l'adreça de la casa».

Ara ja no s'esforcen a abaixar la veu i comentar les seves coses. Soc un moble més. Estan molt nerviosos. L'Àlex prepararà la furgoneta, els altres tancaran la casa.

—Fotem el camp!

—Em vas dir que pel fill de puta del Gudi no calia patir.

—Em vaig equivocar, Rafa.

—Merda! I ara tenim els Mossos venint cap aquí!

—El desgraciat anava de nit a una cabina i trucava a la policia. No sé per què ho feia. Per marcar-se un punt. Per fer-se el puto heroi, jo què sé, i després sortir als diaris dient que gràcies a ell van solucionar el cas. Però era tan covard que ho feia d'amagat. Ho vaig descobrir perquè algú va comentar que el veia molt tard passejant i torradíssim. I aleshores el vaig atrapar. Aquí se sap tot, al final. Per això quan van venir els Mossos al poble em vaig acollonir. El vaig agafar per banda i m'ho va negar tot, però evidentment no me'l vaig creure. Ahir quan vam veure un cotxe nou per aquí i un subnormal que es feia el simpàtic, li vaig dir: Gudi, hi vas i xerres amb ell. —M'assenyala—. I a veure què collons sap.

Fan una pausa. Em miren.

—I la Mel follant-se aquest desgraciat...

Qui collons és la Mel?

—Sort d'ell. Ara com a mínim sabem qui és i què podem fer.

El paio continua xerrant.

—Volia saber què sabia. I a la tarda l'he posat a prova. He intentat que tot això no t'esquitxés, Rafa, però m'ha estat impossible.

—I què vols fer? —La pregunta del tal Rafa no implica una resposta, només vol constatar-la en veu alta.

I és clar, ningú no respon, perquè no cal. Apareix l'Àlex *aka* Federico *aka* Mel *aka* no puc més amb tants noms d'aquest fill de puta, i els fa un gest. Mai no l'havia vist capficat d'aquesta manera. Té la furgoneta preparada, crec que ja saben on em porten. Ho tenen molt clar. No hi ha dubtes, no hi ha preguntes. Penso que deu ser el mateix lloc on deuen tenir el polític. El que em faltava, compartir cel·la amb un fatxa. Ha deixat de ploure i fot un fred de mil dimonis. Començo a tremolar.

M'aixequen i m'asseuen al darrere de la furgoneta. Comproven alguna cosa al maleter. No em tapen els ulls. I això m'espanta. Si puc veure on em porten vol dir que no pateixen perquè ho pugui explicar, ja que no ho podré explicar.

Pugen tots al cotxe i el Rafa diu:

—Va, arrenca, que m'ha semblat sentir cotxes. Ve algú.

La furgoneta accelera, jo aprofito les poques forces que em queden per treure el cap per la finestra i cridar.

—Soc aquí! AJUDA! Soc aquí!

Em claven una hòstia i em tapen la boca amb un mocador. Ja no puc fer res. Sortim del poble i ens perdem, a tota velocitat, per camins engolits per la foscor.

—Ens segueixen? —pregunta el Rafa.

L'Àlex fa que sí amb el cap mirant pel retrovisor.

38

Era de nit i la pluja, discreta, havia regat les voreres i netejat els cotxes mal aparcats. La Mel no parava de moure's al seient del copilot. Es mossegava les ungles i els llavis. Me'l mirava de reüll, volia calmar-lo, sense saber-ne, i encara amb lleganyes i la cara mig inflada i les pulsacions disparades, contemplàvem la ciutat deserta. Barcelona, ciutat fantasma. Fugíem esperitats cap al Pont per la trucada incendiària de l'Ignasi. Havia esclatat una bomba nuclear, de cop i volta. Li vaig explicar, amb més o menys encert, les paraules que m'havia telegrafiat l'Ignasi. Un tio. Que el seguia. Que si les trucades del Gudi. Que havia anat a una cabina a fer veure que trucava. Que només era una trampa. Que volia espantar-lo. Que era de la policia. Que preguntava pel poble. Que sabia coses de l'Aguilar de los Montes. Que el tenia a casa. Que el tenia lligat. Que li havia mirat la cartera i es deia Albert Martínez.

—Albert Martínez? —va repetir la Mel.

—Sí. Necessita ajuda.

Com més li explicava, més petit es feia, mirant les gotes regalimar pel vidre. No vaig gosar preguntar-li res, en tenia prou d'observar-lo per entendre que els seus nervis amagaven una muntanya de confessions que jo desconeixia.

—Estàs bé?

Va fer que sí amb el cap i vam deixar l'avinguda Diagonal enrere. Amb la ràdio apagada, l'únic que sentíem era el motor del cotxe i els nostres pensaments cada vegada més funestos. Frases que se'ns repetien com una amenaça.

Per fi, la Mel va trencar aquell silenci de pedra.

—T'he d'explicar unes quantes coses.

Me'l vaig mirar sense acabar d'entendre la profunditat de la frase.

—Doncs ara és un bon moment. —Hi havia ironia en la frase, perquè després de la mort de la mare, el desastre del segrest i ara la trucada del meu cosí, no hi havia gaire marge per a una nova catàstrofe.

Va fer una pausa llarga, com si medités per on començar.

—No cal que em diguis Mel, Rafa. Ara ja no. Ara ja ens trobem en un altre punt. I crec que només des de la confiança ens en sortirem, d'aquesta.

Tenia tota la raó.

—Fa cosa de... unes quantes setmanes vaig començar a quedar amb un tio del Grindr. Era un més. Ja saps com funciona això. Quedes, folles i ara pau i després glòria. Primer ho feia perquè m'anava bé, em distreia, però de mica en mica...

El vaig tallar. Vaig suposar que volia parlar-me de sentiments i això sí que era una línia vermella.

—No cal que m'ho expliquis.

—T'ho he d'explicar, perquè, si no..., no entendràs res —va continuar amb una veu més tranquil·la—. Ràpidament vaig comprendre que era un tio molt introvertit i això m'agradava. Havia de furgar. No era una persona òbvia. Però quan parlàvem de, no ho sé, política o temes socials, mai no sabia què pensava de debò. Entre poc i massa, saps? Follàvem, eh?

Follàvem, però també anàvem a sopar i rèiem i a la Filmoteca i em va començar a agradar d'una manera més... perillosa. I vaig fer una tonteria. Vaig entrar al *darkweb* perquè volia saber qui era, volia saber si em deia la veritat... És una puta merda la desconfiança. Perquè sovint només serveix per constatar la realitat. I vaig veure que el seu nom estava relacionat amb la policia. No feia servir un nom fals, l'idiota. Vaig intentar allunyar-me d'ell, però saps què? Investigava el nostre cas.

—Què dius? —Em va mirar a la cara.

—No us en vaig voler dir res perquè no sé de què collons hauria servit.

—Ho hauríem pogut pensar junts. Hòstia puta, Àlex. I què collons sabia?

—Només li podia llegir els whats. No sabia què parlava amb els companys, per exemple. I això em despistava una mica. Però el tio anava molt perdut. Molt lluny de nosaltres. Entrevistes amb l'Armengol, anotacions de merda, absurdes. I vaig pensar que si el tenia a prop podia controlar-lo i evitar que la cosa s'emmerdés. De fet, estava convençut que podia saber què buscaven i així avançar-nos als seus moviments.

—Ens hauries d'haver explicat, el primer dia, que te n'anaves al llit amb un policia que ens investigava, collons. Estàs boig? No tenia cap sentit amagar-ho. —Tanta preparació per esguerrar-ho tot per un impuls amb aquell feixista i per la bragueta trencada de l'Àlex.

—Potser sí.

—I què tenen? Què has esbrinat? —Malgrat la confessió, jo intentava no perdre els nervis.

—Poca cosa. Tenen la descripció del cotxe. Saben que érem tres. El calibre de l'arma i la gavardina... i trucades de molta gent, que ens han vist aquí, o a l'altra punta del país.

Res més. Ah! —Se li va il·luminar el cap—. El tio va anar a una residència que cau a prop de casa de l'Armengol, però no va trobar res.

La imatge d'un policia entrant a la residència se'm va clavar com una daga. Un intrús esmicolant el meu món. Dues realitats que volia mantenir ben allunyades i que finalment xocaven davant dels meus nassos.

—Ara —va continuar l'Àlex—, pel que expliques de la trucada de l'Ignasi, entenc que ell també va entrar dins del meu telèfon i que sap moltes més coses..., però et juro..., i aquí la vaig cagar..., que pensava que el tenia ben *pillat*. Ho sento.

Merda. Merda. Merda. Merda. Merda. Merda.

El camí fins al poble es feia llarg.

L'Àlex va escriure un missatge amb el meu Iphone a l'Ignasi per saber com estava el policia.

Inconscient.

—Per què portes el telèfon, Rafa? —La pregunta no era de logística—. Sempre ho hem fet de la mateixa manera, el telèfon ens delata.

—Perquè ara és diferent. No anem a fer cap acció. Anem a resoldre un problema. És igual si ens rastregen, si fem bé les coses no hem de patir.

La resta del viatge van ser preguntes i monosíl·labs. Renecs i possibilitats que ja no duríem a terme. Tu hauries pogut fer. Jo hauria sabut que. Tu la vas cagar. Jo et vaig donar suport. Retrets i nervis. Encara no sé com no vam acabar estampats contra un arbre. En arribar a la rotonda, vam buscar un lloc per aparcar el cotxe i vam anar directament cap a casa de l'Ignasi. El desgraciat ens esperava fumant, alteradíssim.

A l'habitació del costat, lligat de mans en una cadira, tenia el tal Albert fet un cromo, amb la cara ensangonada i desorientat com una bèstia moribunda.

Vaig proposar que li passéssim una mica d'alcohol per sota el nas, que «ja veureu com el tio es desperta». Però l'Àlex, que se'l mirava entendrit, opinava que això no serviria de res.

El fill de puta del policia ens va confessar que havia avisat els Mossos i que ja estaven venint, això ens deixava molt poc marge de maniobra. L'ansietat em rajava per tots els porus de la pell. Anant cap al poble havia dissenyat diferents escenaris per desfer aquell nus, però la majoria tenien el mateix resultat: sang i silenci. Dubtava que tant l'Àlex, per la seva implicació personal, com l'Ignasi, pel seu estat de consciència pertorbat, em servissin d'alguna cosa.

—El durem cap a la granja i pel camí despistarem els gossos d'esquadra. De l'Aguilar de los Montes ningú no en té cap pista, només la confessió d'un borratxo. Ho vam fer bé. Ho repetirem, i aquesta vegada, tu —vaig assenyalar el meu cosí—, demà passat fots el camp cap al Brasil i desapareixes una bona temporada, entesos?

—El voleu matar? —va preguntar l'Àlex amb incredulitat.

—Farem el que calgui fer —va sentenciar l'Ignasi.

Vam acceptar la idea perquè, arribats a aquell punt de la nit, amb l'alè de la policia al clatell, qualsevol proposta —per més descabellada que fos— sonava com una música celestial. El vam aixecar, es movia penosament, i el vam fotre dins de la furgoneta. Vaig obrir el maleter i vaig comprovar que la Star continuava intacta, embolicada amb la gavardina i preparada per al tret de gràcia. Aleshores em va semblar sentir uns sorolls que no podia identificar, potser només eren veus, tot i que a aquelles hores de la matinada no eren ni grills, ni ocells, els gossos d'esquadra poden ser animals silenciosos i traïdors.

Vam pujar a la furgoneta i vam arrencar. «Soc aquí! AJUDA! Soc aquí!», va cridar l'imbècil.

Sí, ens seguien a uns quants metres de distància, però nosaltres coneixíem el terreny i no trigaríem gaire a despistar-los.

39

El fred em fa tremolar tot el cos. M'han estirat pel coll de la camisa, m'han fet fora del cotxe i m'han tret el mocador de la boca. Gràcies. Miro al meu voltant. No hi ha res. Només una granja de porcs rodejada per camps i boscos. Lluna nova i brillen els estels damunt dels nostres caps. Espetego les dents.

Sense dir-me ni una paraula, m'han despullat. Primer la samarreta, després els pantalons —intento oposar resistència, però no serveix de res—. Què collons foten? No em deixen ni una engruna de dignitat. He intentat dir alguna cosa. Fer les paus. Posar una mica de seny. No ha servit de res. Al final, els calçotets també.

L'Àlex intenta calmar-me. Llegeix al fons dels meus ulls aquesta por que tinc perquè han funcionat d'una manera molt mecànica, com si no fos la primera vegada que operen així. El de la capelina vermella ha encès un misto dins d'un bidó i han cremat la meva roba, les sabates també. A la merda! Estic en boles. Completament despullat. I a banda del dolor terrible de la costella, començo a moquejar, a barrejar mocs i sang.

«D'aquesta no te'n surts», em dic a mi mateix.

L'Àlex m'agafa fort del braç i em porta cap a la granja. Vaig descalç, em costa caminar. Rere nostre, a poca distància, venen els altres dos.

*

La cara del policia era lamentable, semblava un gos abandonat enmig d'una tempesta. En algun altre moment de la meva existència hauria sentit compassió, però aquella nit no ens podíem permetre cap mena de luxe. Mentre ells es dirigien a la granja, vaig obrir el maleter del cotxe i vaig treure la Star. Una bala i adeu. Sense patiments ni dubtes ni cap altre error.

I deixar-ho per sempre i no buscar-nos més problemes.

El pla era senzill.

Però, de sobte, vam sentir un soroll. Per la cara de l'Ignasi, vaig entendre que no era un soroll conegut. Ell se sabia de memòria els sons que amaga la nit, sobretot a prop d'un bosc. Els mussols, per exemple. És fàcil despistar-se, que els nervis et traeixin, que la nostra imaginació de culpables inventés sons que no existien. Però el gest de l'Ignasi va ser definitiu. Allò era un intrús.

—Ens estan buscant —va afegir l'Àlex—. No els hem despistat, hòstia!

—Correu cap a dins.

Un cop dins la granja estaríem (relativament) fora de perill. Però el cotxe aparcat al davant ens delataria, i si els gossos d'esquadra rondaven a prop i entraven i començaven a xafardejar..., «no trobaran res —em repetia—, no trobaran res».

L'Ignasi va desfer el camí.

—Ja hi vaig jo.

Va tornar cap a la furgoneta. Així com a mínim guanyaríem uns quants minuts despistant-los. Era el que necessitàvem, un cop d'efecte, el flautista d'Hamelín que s'endugués la corrua de cotxes al més lluny possible. Nosaltres, després del tret, ens amagaríem al bosc, que passessin les hores, cada hora de més seria una hora guanyada.

*

Si en sabés, resaria al Pérez Navarro nostre que estàs per aquí a prop, sigui santificada la teva arma, vinguin a nosaltres els teus reforços. Com que han sentit un soroll, decideixen canviar els plans. Noto per la cara de l'Àlex que alguna cosa no surt com havien pensat. De fet, no cal tenir gaires llums per entendre que estan fugint cap endavant, que res del que passa aquesta nit ho tenien previst i que en qualsevol moment tot pot saltar pels aires. Un d'ells torna cap a la furgoneta.

M'aturo.

—No puc més. —Em costa respirar. M'ajec a terra.

—Va, hòstia. —M'estira perquè continuï caminant.

Jo intento guanyar segons.

—Àlex, m'has dit que si us ho explicava tot em deixaríeu marxar.

—I no ens has explicat res, Albert.

—Què vols que t'expliqui? T'ajudaré en tot el que calgui.

Apareix el Rafa i em sentencia.

—Ara és massa tard.

Veig els fars de la furgoneta que es perden per un camí de terra. Estem tots tres sols. Em fan mal els dits dels peus i les pedres em tallen les plantes i em fereixen les ungles. Només tenim la lot de l'Àlex que amb prou feines il·lumina res.

Un altre soroll. Hi ha gent, n'estic segur, hi ha gent per aquí.

—Quiets. Un moment!

El Rafa agafa l'escopeta i apunta cap al bosc. Sentim com

algú trepitja una branca i unes mans alçades que demanen: «No disparis, sisplau, no disparis».

És el puto Gudi.

—Què hi fots, aquí? —li pregunta el Rafa, incrèdul.

—Vull parlar amb vosaltres.

Com? L'Àlex i el Rafa es miren sense entendre res. Sospiten durant uns segons que tot plegat és una trampa. Tant de bo fos així. Si ho fos, no tindrien escapatòria. El Rafa li fa un gest (vine!) i el Gudi, molt a poc a poc i amb les mans encara aixecades, s'hi acosta. El Rafa també fa unes quantes passes cap a ell. I aleshores, en un acte instintiu, no ho penso, és una fletxa que em travessa el cervell, si ho pensés no ho faria, clavo un cop de cap a l'Àlex que l'estaborneix, i començo a córrer, no sé cap a on, però corro amb totes les poques forces que em queden.

*

Era el puto Gudi.

—Vine cap aquí, desgraciat.

I sense tenir temps, darrere meu, vaig sentir que l'Àlex cridava. El poli li havia etzibat un cop de cap al nas i el nano sagnava igual que una font, desorientat. L'altre corria nu, com un conill, cap al bosc.

—Era l'única cosa que havies de fer, que no s'escapés.

L'Àlex tornava en si.

No sabia d'on treia les forces, el poli, però la bèstia avançava a molta velocitat. Si arrencava a córrer, no l'atraparia. No em quedava més remei. Vaig apuntar amb la Star i vaig respirar fondo, ho havia fet altres vegades i amb molta més pressió. Però el conill anava d'un costat a l'altre intentant desviar la trajectòria de la meva punteria.

Tres, dos, u...

Un tret.

*

Sento un projectil.

El fill de puta m'ha disparat. No sé si m'ha encertat o no. Jo continuo corrent. Sort que el tio és un desastre apuntant. Només tinc al cap la pressa de trobar algú. Si és un mosso d'esquadra, genial; si no, un vianant qualsevol a altes hores de la matinada passejant pel bosc ja em va bé, si és un grup de contrabandistes de droga colombiana també ens podríem entendre. El que sigui.

Ara, entre el Rafa i jo hi ha uns quants arbres de distància. No té bona visibilitat. Intueixo que l'Àlex s'ha quedat amb el Gudi i el Rafa ha vingut a buscar-me.

Un segon tret.

El cor em batega a mil per hora. Però tinc tant de fred que he perdut la sensibilitat a les mans i els peus. Suposo que així deu començar la hipotèrmia. No puc quedar-me aturat perquè o moriré congelat o moriré per una bala d'aquell tros de merda. Em poso les mans sotes les aixelles i continuo avançant. Hauria de guiar-me mirant el cel. L'estrella polar, però mai no he tingut ànima de *boy scout* dels collons.

Veig un trencall i continuo per la dreta. He oblidat el dolor de les costelles, ho he oblidat quasi tot, corro sense saber on vaig, corro desorientat i amb el pànic que en el fons estigui tornant al lloc d'inici.

Paro l'orella. Va, hòstia, algú, hòstia, algú!

Ni rastre.

*

Ho vaig tornar a intentar, una altra bala, però la nit em feia la vida impossible i no podia distingir un cos a metres de distància.

—Tu —a l'Àlex—, queda't amb ell. Jo vaig a caçar.

—No pateixis.

No sabia què cony hi fotia el Gudi, allà. No el teníem previst, i sense telèfon per comunicar-nos amb l'Ignasi, perquè l'havia deixat a la furgoneta, la situació es convertia en un carrer sense sortida.

«No perdis la calma», em vaig repetir un parell de vegades.

Vaig respirar profundament i me'n vaig anar a buscar el poli. Quan començava a córrer vaig veure de cua d'ull com el Gudi, sense solta ni volta, es treia un ganivet de l'esquena i atacava l'Àlex saltant damunt seu com un animal ferotge. L'Àlex amb prou feines podia defensar-se. No vaig tenir temps ni d'apuntar, directe amb l'escopeta, una altra bala, i vaig encertar-lo a la cuixa; va caure fulminat cridant.

Tot era una trampa. Merda!

Els seus crits ressonaven pertot arreu.

—Tapa-li la boca. Tapa-li la boca, collons!

L'Àlex ho va intentar amb les dues mans. Aquells crits eren una alarma. Un so que se't fotia al cervell i una brúixola que podia situar els gossos d'esquadra que ens estiguessin seguint. Ara ja només podíem fugir cap endavant. Em vaig girar i vaig seguir el conill, que, malferit, deixava un rastre de sang al seu pas.

*

No puc més. No puc més. No puc més. No puc més.

Estic perdut. M'assec entre la pinassa molla. No deixo de

tremolar, sembla que balli. El cos ha deixat de ser meu. No sé on és el nord ni el sud, ni trobo cap camí de terra. Fa estona que visc desorientat. El fred em venç. Tinc els llavis morats. Soc aquí, no m'amago, simplement resto vençut sabent el que vindrà. Em deixo anar a poc a poc, em quedo arraulit a la vora d'un arbre esperant que arribi el Rafa i acabi amb aquest patiment o morir consumit pel fred..., diuen que és una mort dolça.

No penso en res revelador, ni en el Rubén ni en la família. No veig cap llum al final del túnel, ni els millors moments d'una pel·lícula, la meva. No he pagat cap entrada per a un bon espectacle. Res. Aquesta és la paraula.

Sento sorolls, això sí. Deuen ser els animalons del bosc que venen a acomiadar-se. Ja no sé on acaba la realitat i on comença la mort. Hi ha sorolls més a prop. Tinc els ulls tancats i els obro una mica, «potser són els Mossos —penso—, el Pérez Navarro que ha rastrejat la trucada, ha arribat a la casa del carrer Sant Joan i, amb el Gudi, han trobat la granja. Ja està, tot solucionat».

Però no.

El Rafa m'encanona amb l'escopeta.

*

El poli em va suplicar:

—No, sisplau, no em matis.

El vaig trobar arraulit com un ocellet, somicant. Havia de prendre una decisió: matar-lo aquí i carregar-lo fins a la granja, o que m'acompanyés fins allà i acabar la feina a la cort de porcs. Em costava respirar de l'esforç.

No podria arrossegar-lo i se'm faria de dia, em delataria, a plena llum.

—Aixeca't —vaig ordenar.

—No puc.

—Que t'aixequis, hòstia.

No mentia. Quasi no podia mantenir-se dret.

—Per què ho fas, eh? Només vull saber per què collons ho feu? —La poca esma que li quedava la malgastava desafiant-me.

—Tu no has entès res, imbècil. Res des del principi. —El vaig empènyer perquè continués caminant. Em mirava en silenci, com un nen humiliat—. Tu aquí no hi pintes res, ets un desgraciat com tots nosaltres, ets un puto desgraciat com ho és l'Àlex i com ho soc jo. Si no haguessis anat fent preguntes, si no t'haguessis quedat espiant...

Deixava les frases a mitges perquè no sabia ni què deia.

—Et penses que canviarà alguna cosa que jo acabi amb una bala al cap? —va dir—. Et penses que canviarà alguna cosa que tu vagis a la presó? Només heu jugat a disparar, com adolescents capritxosos i amb molt mala punteria.

Em vaig aturar i vaig mirar-lo. D'on collons treia aquella insolència? El meu posat no el va frenar, tot al contrari.

—Aquí manen els de sempre i això no ho canviaràs ni tu ni ningú, perquè, en el fons, molt en el fons, ningú no vol que canviï, ho entens? Es queixen molt, però ja els va bé. Saps què ha passat amb el TFN? Que, després del vostre segrest, s'ha disparat en les enquestes, que, si tot va bé, l'any vinent entraran al govern. Aquest era el vostre gran pla revolucionari? Aconseguir que aquests fills de puta guanyessin vots?

Li vaig etzibar un mastegot.

—Tanca la puta boca!

—Jo us entenc, Rafa. T'ho dic de debò, us entenc. En el fons, sobre el paper, les idees que teniu són bones.

—Què sabràs, tu?

—Però, tio, la vida no és un manual d'instruccions. Les teories són fàcils, però, és clar, després ve tota la resta. —Érem a mig camí, el desgraciat no sospitava que acabaria cruspit pels porcs—. Jo quan era jove també volia canviar el món. Per sort, vaig entendre, a una certa edat, que el món era una merda i que l'únic que aconseguiria intentant-lo canviar era desgraciar-me la vida. I al final, res. Al final un grup de gent que ni tu ni jo coneixem acaben decidint damunt de les nostres miserables vides. Què me'n dius?

—Per què gastes tanta saliva?

—Perquè quan tinc por, si parlo, em distrec.

Érem a pocs metres de la granja. Al bosc hi regnava un silenci dens, i semblava que l'Ignasi havia aconseguit despistar els gossos d'esquadra amb la furgoneta. Al final encertàvem a tenir una mica d'ordre enmig del caos. Faltava menys d'una hora perquè comencés a fer-se de dia i el cel canviava del negre estrellat a un blau marí amenaçant. I, no sé per què, de cop i volta vaig pensar en la mare.

—Què fareu amb mi? —va interrompre'm el poli.

—Per què ho vols saber?

—Curiositat. M'agrada saber coses. Si no m'agradés, ara no estaria aquí despullat xerrant amb el meu assassí.

—Farem desaparèixer el cos.

*

Acabem d'entrar a la granja.

El Rafa obre i tanca una porta gran metàl·lica. A dins, a banda de fer una pudor que ja no sento, hi ha el Gudi, malferit a la cama, amb un sac al cap, murmurant, i l'Àlex intentant controlar la situació.

—Saps alguna cosa de l'Ignasi?

—Res.

Voldria intentar córrer per última vegada, però no puc. El Rafa comprova quantes bales queden a l'escopeta, s'ho mira detingudament, no puc calcular el resultat. Apunta contra el cap del Gudi i després ve el silenci. No s'hi ha atrevit. És un puto covard. L'Àlex calla i em mira perquè sap com continua la història.

Aleshores em fa posar de genolls. Els porcs comencen a despertar-se; la majoria encara dormen aliens a una nit salvatge, aliens al fet que tenen allà el seu esmorzar servit en safata. Aleshores ho començo entendre. Entenc com faran desaparèixer el meu cos, entenc com ha desaparegut el de l'Aguilar de los Montes, i, per primera vegada, ploro.

El Rafa m'apunta amb l'escopeta.

És una bala que surt directe cap al meu cap.

Només una bala.

Si saps apuntar, no en necessitaràs dues.

Però l'escopeta se li encasqueta. Pare-nostre-que-estàs-en-el-cel. Ho torna a intentar. Potser tampoc no s'atreveix a esberlar-me el cervell. Miro per última vegada l'Àlex, no gosa tornar-me la mirada. El Rafa comprova l'escopeta i se li dispara, ho ha fet sense voler, el moviment de l'arma també el sorprèn i, de la ràbia, em clava un cop de culata al cap i em deixa allà a terra, morint lentament, mentre la sang dels peus i de la ferida de la costella dibuixa un reguerol cap als porcs afamats.

És just aleshores quan una explosió fa saltar pels aires la immensa porta metàl·lica i totes les bèsties comencen a grunyir desesperades.

*

Ja no tenia res a perdre. Havia creuat el darrer llindar, com si m'empenyessin per un pont en caiguda lliure. M'hauria pogut disparar directament a les temples, però en el darrer alè sempre hi té joc la covardia.

Mirava l'Àlex i era un desconegut que m'acompanyava en aquella granja de porcs. Què collons havia fet per arribar fins aquí? Vaig voler disparar al Gudi, com qui apunta a una llauna, i l'espectre de la mare m'ho va impedir; vaig intentar-ho amb el desgraciat del policia, però la Star era massa vella.

Tot eren excuses.

La història l'escriuen els qui guanyen, i nosaltres havíem perdut estrepitosament.

L'Ignasi no havia aconseguit despistar els gossos d'esquadra. L'havien enxampat a la primera, i ell, espantat per un parell d'hòsties que li havien caigut, va decidir col·laborar a canvi d'una pena menor. Els ho va explicar tot. El Gudi l'havien enviat ells, també, els gossets uniformats.

Havien esperat reforços, havien esperat impacients el moment adequat per intervenir, i ves per on van necessitar sentir un tret per fer volar pels aires la porta de l'entrada.

Més de trenta gossos ens apuntaven i ens escridassaven.

—Llança l'arma!

Gossos rabiosos.

Vaig llançar l'arma, vaig col·locar les mans rere la nuca i vaig fer cas de cada ordre. Van avisar una ambulància i es van endur els dos paios. A l'Ignasi ja no el vaig veure més. A l'Àlex se'l van emportar en una altra furgoneta.

Tenia la certesa que no parlaríem més del compte, que ni el Faruq ni la Linna apareixerien en el nostre relat. Si érem bons companys (i ho érem), havíem de carregar-nos els morts

—igual que els màrtirs— només nosaltres, a les nostres consciències.

Què és la violència?

Allò que exerceixen els que perden. Els que guanyen només executen la justícia.

Només podia pensar en la meva mare i mentre se m'enduien cap al calabós taral·lejava «Ma vie».

40

Sempre he volgut ser allò que no he pogut ser. Podria ser un epitafi, però és un resum dels cinquanta anys de vida que estic a punt de bufar. He volgut ser feliç sempre, però només ho he estat a estones.

Ara mateix soc al llit de l'hospital. Una doctora molt educada em diu que m'hi estaré uns quants dies.

—Quants?

—Ho anirem veient segons l'evolució.

Voldria dur-li la contrària, però no tinc prou forces. Em fan proves, em sonden, més revisions, visites de metges, anàlisis de sang, TAC.

El Rubén ha vingut a veure'm. Fa cara d'espantat.

—Tranquil, home..., que mala herba mai no mor.

Somriu per treure-hi importància. Diu que no cal que li expliqui res, que ja ho sap tot: el Federico, els terroristes, la granja de porcs, la persecució pel bosc... En el fons sé que té ganes que ho compartim, però sap que no estic per a romanços. Em vol abraçar, però tampoc no ho fa, no vol fer-me mal. «Et veig molt (molt) feble», ho repeteix unes quantes vegades.

Ha anat a casa meva a buscar-me roba, llibres, l'Ipad per mirar sèries, coses per entretenir-me. I em fa un regal.

—Té. —Està més emocionat ell que jo.

Un Iphone nou, amb la capsa i tot, embolicat amb un paper horrible, però oberta perquè...

—No pateixis que la teva veïna, la Martina, m'ha dit que te l'ha deixat a punt, igual com el tenies abans. Amb les aplicacions, tot... Amb el Grindr i la mateixa foto de perfil.

Faig veure que aquest últim comentari no l'he sentit.

Abans de dinar se'n va (t'aniré escrivint, val? Sí, pesat!), i a la tarda apareix el Pérez Navarro. Ha esperat que estigués una mica més tranquil. Fa la cara que fan els amics quan et veuen al capdamunt d'un precipici a punt de caure. Sempre tan perepunyetes, i ara és amable, com un germà gran que em vol cuidar. Em demana disculpes pel dispositiu, assumeixen la responsabilitat i prendran mesures perquè són conscients que no ho van fer bé. Diu que s'hauran d'inventar alguna cosa per cobrir-me amb l'espionatge del telèfon de l'Àlex, però que no m'amoïni, que ja ho trobarem.

—He pensat a dimitir, Albert.

—I una merda! Què faràs?

—Ser feliç. Què et sembla com a idea?

—Molt vulgar. Aquí hem vingut a patir. Ser feliç em sembla de molt mala educació.

Riu i m'explica que el testimoni del Gudi és fonamental per al cas, que ja tenen informàtics bussejant pel *darkweb* perquè allà se n'hi couen de grosses. Estan preparant l'acusació. Els caurà el pèl. M'explica que hi ha dos o tres implicats més que feien servir noms falsos. A vegades deixo d'escoltar-lo, em vol donar massa explicacions, em promet honors, premis i diners. Això últim és el que em fa obrir mig ull.

De tant en tant entra alguna infermera amb una simpatia desbordant. El Pérez Navarro s'acomiada. També diu que estarem en contacte. Rebo un missatge de l'Armengol felicitant-me. Ara tothom vol estar en contacte i, quan pensava que ja podria estar tranquil per sopar, arriben els tres convidats estel·lars que faltaven per al gran espectacle. Els veïns.

He de confessar que em fa il·lusió veure l'adolescent amb ferros a la boca. M'abraça. L'abraço. Els pares són uns tabarres. Em va de conya que aviat sigui l'hora de sopar per tenir una excusa per fer-los fora. Ells m'expliquen que he sortit a les notícies i que encara em faran un programa especial a la tele. Toco dissimuladament el timbre perquè aparegui la infermera, és el nostre codi secret.

—Albert, ha d'anar dient adeu a les visites, que ha de sopar una miqueta.

Gràcies a Déu *nostro* Senyor.

Abans d'anar-se'n, la Martina m'ha dit que li agradaria que un dia anéssim junts a un *escape room*, i encara que em sembla la idea més malvada que he sentit des de fa mesos, li responc —de cor— que sí, que ho farem.

I ja està.

I sopo un caldo i un tros de peix que, si aplaudeixo una mica, em saludarà amb la cua. Després, un iogurt natural. El menjar és pitjor del que m'imaginava i la meva imaginació és molt poderosa, i, sisplau, vull dormir, vull dormir, collons! Però necessito més calmants. Just quan ho aconsegueixo, quan faig el primer cop de cap, em ve la pixera i em desperto.

És tard. Matinada, suposo. I , per saber l'hora, miro al meu nou Iphone. Un quart de quatre. Ara ja no tinc son. Què faig?

El Grindr, vulguis o no, sempre distreu, i, ves per on, m'hi trobo un parell de missatges. Un d'un tal Guerau de Llançà, que crec que ja em va escriure a Londres, i l'altre del Ricardo... Sí, aquell egocèntric també de Londres... Em fa mandra, però igualment li escric.

> ¿Qué haces por aquí?

No sé com serà el meu epitafi, però abans d'adormir-me, penso que aquesta podria ser una bona frase.